Alicia nunca miente

Jorge F. Hernández
Alicia nunca miente

El papel utilizado para la impresión de este libro ha sido fabricado a partir de madera procedente de bosques y plantaciones gestionadas con los más altos estándares ambientales, garantizando una explotación de los recursos sostenible con el medio ambiente y beneficiosa para las personas.

Alicia nunca miente

Primera edición: marzo, 2025

D. R. © 2025, Jorge F. Hernández
Publicada mediante acuerdo con VF Agencia Literaria

D. R. © 2025, derechos de edición mundiales en lengua castellana:
Penguin Random House Grupo Editorial, S. A. de C. V.
Blvd. Miguel de Cervantes Saavedra núm. 301, 1er piso,
colonia Granada, alcaldía Miguel Hidalgo, C. P. 11520,
Ciudad de México

penguinlibros.com

Penguin Random House Grupo Editorial apoya la protección del *copyright*.
El *copyright* estimula la creatividad, defiende la diversidad en el ámbito de las ideas y el conocimiento, promueve la libre expresión y favorece una cultura viva. Gracias por comprar una edición autorizada de este libro y por respetar las leyes del Derecho de Autor y *copyright*. Al hacerlo está respaldando a los autores y permitiendo que PRHGE continúe publicando libros para todos los lectores.

Queda prohibido bajo las sanciones establecidas por las leyes escanear, reproducir total o parcialmente esta obra por cualquier medio o procedimiento, incluyendo utilizarla para efectos de entrenar inteligencia artificial generativa o de otro tipo, así como la distribución de ejemplares mediante alquiler o préstamo público sin previa autorización.
Si necesita fotocopiar o escanear algún fragmento de esta obra diríjase a CeMPro
(Centro Mexicano de Protección y Fomento de los Derechos de Autor, https://cempro.org.mx).

ISBN: 978-607-385-590-7

Impreso en México – *Printed in Mexico*

Puras mentiras, puras verdades...
si son puras viene a ser la misma diferencia, ¿no?

JUAN FORN
PURAS MENTIRAS (2001)

La historia que viene a continuación —una historia nacida de la sospecha y de la duda— tiene la desgracia (que algunos llaman suerte) de ser verdadera.

DANILO KIŠ
UNA TUMBA PARA BORIS DAVIDOVICH (1976)

Primera parte

Miente quien afirme que son falsas mis verdades

Constanza terminó con Adalberto la víspera de Nochebuena. Como era víspera de la víspera de Navidad, Adalberto Pérez tuvo tiempo para sustituir las figuras del Nacimiento (un Belén heredado) con los muñequitos que alineaba en los estantes de sus libreros: a falta de María Sustituta puso como Madre a un Quijote pensativo, San José pasó a ser Indiana Jones y Santo, Blue Demon y Mil Máscaras quedaron de Reyes Magos. Mientras lloraba, Adalberto reacomodó las mismas ovejas miniatura, el asno y un buey chiquito. Concluida la faena, Adalberto tuvo a bien quitarse el disfraz de Santa Claus.

Constanza lo había citado inesperadamente en el café más cercano a la redacción del periódico donde Adalberto ejercía su oficio con obsesiones diversas y consta que ella, en días previos, no había dado señales ni mínima muestra emocional de querer terminar con él, así que la incertidumbre helada con la que se quedó mudo Adalberto no solo se debe al misterio irracional con el que una mujer supuestamente enamorada decide de pronto mandar a Papá Noel directamente a la chingada. Este llegó al café a los pocos minutos de que Constanza enviara el mensaje de que lo esperaba ya sentada en una mesa, precisamente porque Adalberto se prestaba año con año a vestirse de Santa Claus para el brindis tradicional del diario donde había hecho carrera, y todo lo súbito e inesperado del final abrupto no solo lo dejaba mudo —como ya se dijo— sino ridículamente desolado (para simulada alegría de una parejita de amantes que ocupaban la mesa aledaña al hundimiento del *Titanic*). Por lo mismo, en cuanto Constanza se alejó con la cabellera al vuelo, envuelta en una suerte de neblina inexplicable, Adalberto empezó a hilar explicaciones descabelladas y culpas potenciales que justificaran ante su propia conciencia el fin de lo que creía ser un amor ecuménico, o por lo menos trascendente.

Pensó que quizá llevaba ya varias semanas sin colaborar en la cocina ni en la compra acostumbrada de frutas, verduras y legumbres (hipótesis blanda) o que a la dama le molestaba tener mascota (una auténtica locura si se considera que el único perro que ha tenido Adalberto en toda su vida ya solamente existe sin ladridos en siete fotografías enmarcadas en el corredor de su departamento). Quedaba en el aire la azarosa posibilidad de que Constanza había logrado la verdadera felicidad, pero que no podía con ella; es decir, la vida con Adalberto era un sueño, pero invivible.

Al volver a la redacción del diario —evidentemente herido y lloroso— Adalberto confió a dos amigos lo que acababa de suceder en el café y añadió que hasta ese momento nunca había terminado enamoramientos como receptor o víctima de la ya clásica fórmula «No eres tú, soy yo» con la que Constanza lo clavó perplejo y sin renos ni trineo (para diversión de una parejita metiche). Uno de sus mejores amigos tuvo a bien aclararle que «Siempre eres tú. Siempre y por supuesto. Cuando una mujer te dice que no eres tú sino ella, lo que pasa es justamente al revés: eres tú y no ella. *End of story*, viejo».

Luego, pensó que quizá lo mandaba al carajo precisamente por andar de Papá Noel con la ridícula barba blanca, los caireles de nieve y las botitas de charol, o quizá fue allí mismo y en ese preciso momento que se le fincó en el cerebro el origen de una obsesión al parecer incurable que cambió para siempre su vida, vocación y voluntad. De ser así, el epicentro del sismo llamado Adalberto Pérez sacude y al mismo tiempo sostiene la narración de su aventura por estas páginas, además de ser primer indicio de la maníaca obsesión que lo transformó en Paladín del Escepticismo.

Lentamente, pero sin sosiego, Adalberto Pérez, periodista anónimo hasta entonces, se entregó en cada hora de su vida cotidiana y en cada párrafo de su profesión al ejercicio minucioso de dudar absolutamente de todo. La realidad se volvió un telón marcado por mentiras y Adalberto se encarnó en un autonombrado mosquetero del desmentir, de la revelación más que conspiracional de que *Todo, Absolutamente Todo, es Falso*.

Más adelante se agregan los síntomas reveladores que apuntalaron la notable obsesión o credo de Adalberto Pérez: en particular el desencanto general que le provocó en su mente un viaje a Los Ángeles que merece otro capítulo, pero sucede que al cenar en solitario su Nochebuena de inesperada y quizá inmerecida desolación (además de llegar a la cúspide que provocan los dolores del corazón por el rompimiento) ya sin disfraz ni barba postiza, Adalberto acuñó en silencio lo que viene siendo el lema de su existencia: *Miente quien afirme que son falsas mis verdades*.

Algo muy parecido a la locura —más allá del delirio pasajero o la herida luminosa de los amores contrariados— sería posible etimología de su ya célebre frase; además de su patética insistencia en cenar al pie del arbolito de poquísimas esferas (habiendo roto la mayoría por colores y entre sollozos), la risible necedad en servir un plato para la Amada Ausente y el horror cursi de cantar villancicos tradicionales con la voz entrecortada. *Beben y beben y vuelven a beber*. Con todo, fue en el séptimo brindis ante el espejo, alzando lo que quedaba de rompope en la botella con la etiqueta donde sonríe una monjita evidentemente alcohólica, cuando Adalberto arrastró su lengua ensalivada con baba y yema de huevo para pronunciar por primera vez en la historia del periodismo (y para tal caso, la humanidad) su mantra luego manía de que *Miente quien afirme que son falsas mis verdades*.

Es altamente probable que cualquiera pierda algo de raciocinio o lucidez luego de digerir una botella entera de rompope de la monjita, después de la ingesta arbitraria de medio litro de vino tinto en envase de cartón y habiendo devorado medio pollo rostizado acompañado con el discreto encanto de medio kilo de puré de papa y gelatina de uva. El silogismo vital le llegó a las neuronas no como estrategia de autoestima o como remiendo de su orgullo destrozado, sino por algo absolutamente enrevesado: Adalberto declara como mentirosos a los que duden de sus verdades no por un convencimiento jurado o conciencia inapelable de su compromiso con la Verdad con mayúscula o su trayectoria de ser íntegro o intachable, sino como conclusión desde el corazón roto, allí donde le supuraba la herida (sazonada por la incertidumbre y el silencio total de Constanza), allí donde se supone que uno mismo secreta la savia para una posible costra…, allí llegó a convencerse de que todo lo dicho, escrito, soñado o sonreído por Constanza habiendo quizá sido verdad en su momento se le había revelado contundentemente como mentira, directo a la cara, vestido de Santa Claus y sentado en el cafetín más cercano a su lugar de trabajo. Pinche Constanza.

Adalberto pasó la Nochebuena en vela y vivió las primeras ocho horas de su Navidad releyendo los mensajes y las notitas, las postales y *postits*, los correos electrónicos y también la minuciosa evocación de las conversaciones a oscuras y de madrugadas, los paseos de la manita y casi todos los parlamentos que le juró Constanza entre besos y besos con la ya incipiente convicción de que, si bien fueron Verdad en su momento, ahora quedaban signadas como Mentira. Según él, si ella había dicho muy al principio del enamoramiento que «Soy tuya», «Eres mi Todo» y «Soy adicta a tus besos», ahora pasaban y pesaban en evocación como puras pinches mentiras y si Constanza había puesto en tinta —y rubricado con su firma— «No solo soy tuya, sino tu mujer» o «Ya no sé vivir sin ti», la propia caligrafía delataba ahora visos de la más vil insinceridad.

La resaca navideña de Adalberto Pérez (periodista a punto de elevar su oficio al plano de la verificación absoluta en tiempos de tanta falsa noticia) consistió en intentar un alivio balsámico además de acuñar su ya convencida frase. Recordó que cuando lo cortó la Peralta logró olvidarla con la ayuda terapéutica de una botella de tequila en compañía de un solo disco de José Alfredo Jiménez que escuchó con audífonos elevados a los suficientes decibeles como para que se quejara la anciana vecina de abajo (a pesar de los audífonos) y también pensó que cuando él mismo decidió abandonar el hogar que había fundado con Raquelito (otrora secretaria en el periódico) le fue de gran reacomodo la visita semanal a los tacos *De la Doña* con abundante consumo de Fanta de naranja y pan dulce de postre.

Enero le bastó para ejercer una filiación al chocolate (no sin nostalgia), dosis diarias de miel con limón amarillo y una buena cantidad de gomitas sin azúcar que poblaban ahora su escritorio en el periódico donde consta que inició el giro en prosa y prisas entregado fielmente a la convicción de que todo, absolutamente todo, es falso y la vida no es más que el vaivén por verificar, confirmar, desmentir o revelar lo contrario, guiado desde luego por esa máxima ya inquebrantable de que *Miente quien afirme que son falsas mis verdades*, no porque naciera en Adalberto Pérez el alma de poseer la Verdad con mayúsculas, sino por haber sido una clara víctima del mazazo emocional y nada amoroso que rompe cualquier corazón sano con los sutiles alfileres de la mentira en cualesquiera de sus formas (incluso si llegaron a ser verdades). Advierto que el giro existencial se debió quizá también al mentado viaje a Los Ángeles (aún por narrar) donde el potencial Paladín del Escepticismo descubre o confirma los engaños al sentido del gusto a través de los saborizantes artificiales más allá de la sal de ajo.

Conviene intentar un perfil biográfico previo para desenterrar posibles antecedentes al escepticismo existencial que marca la vida de Adalberto Pérez del Madrigal, nacido el 24 de junio de 1972 en un hospital de la Ciudad de México que carecía de registro oficial. Fue bautizado el 30 de julio con el nombre que —equivocadamente— creyó su madre que correspondía en el santoral. De hecho, una revisión de las actas de la parroquia del Niño Jesús mostraría que Adalberto Pérez fue en realidad bautizado por un novicio que aún no realizaba sus votos perpetuos al momento de ejecutar el sacramento, y al contrastar fechas con lo anotado en la oficina del Registro Civil se demostraría que Adalberto Pérez fue registrado con el apellido de la madre y «del Madrigal» como un invento caprichoso (posible ocurrencia de su abuelo que se creía poeta), pues no hay constancia ni posibilidad de localización de su padre (ni de su nombre o apellidos). Falso sacramento de Bautismo y Registro Civil anulado.

Pérez no revela ninguna aversión particular en contra de las mentiras durante los años en que transcurrió su educación primaria, secundaria y preparatoria; si acaso, hay testigos que afirman que durante los nueve semestres en que asistió a la Universidad Nacional Autónoma de México sostuvo ocasionales discusiones con compañeros y profesores en torno a la verdad de ciertas fórmulas matemáticas, la veracidad de algunos hechos compartidos como pruebas de la Historia con mayúsculas o la verosimilitud de conceptos varios. Al graduarse en 1992 sin titulación ni presentación de tesis es difícil afirmar en realidad en qué carrera pensaba licenciarse Adalberto Pérez, pues se sabe que asistió puntual y consuetudinariamente a las Facultades de Derecho, Odontología, Arquitectura y Contabilidad de manera indistinta. Adalberto siempre se ha descrito a sí mismo como Periodista, sin documentación que lo acredite como tal, aunque una larga vida laboral entremezclada con reportajes inéditos de investigación improvisada y no pocas cajas de reseñas, crónicas, pequeños ensayos y entrevistas intrascendentes publicadas en papeles ya amarillentos avalan lo que podría llamarse el *corpus* de su oficio.

Con todo, a Adalberto le fue expedido un carnet universitario que lo acredita como egresado, y por ende pudo tramitar Cédula Profesional (#62240682bis), con la cual se dio de alta como Contribuyente Fiscal y así pudo desfilar por al menos once puestos —ascendentes— del Sector Público, en diversas Secretarías del Gobierno Federal: Hacienda y Devoluciones Fiscales, Desarrollo Social y Petrolero, Sanidad Pública y Obras Ajenas, Educación sin Cultura y Cultura sin Educación. De 1992 a 1999, Pérez trabajó en la Secretaría de Educación sin Cultura en el Departamento de Observación Detallada de Logros Indígenas de la Subsecretaría del Analfabetismo (que luego pasaría a fusionarse con Alimentación Básica), y consta en diversos documentos del Archivo General de Servidores Públicos que Adalberto Pérez jamás llevó a cabo su labor guiado o influido por la obsesión contra las mentiras que nos ocupa en esta novela.

Con la llegada del nuevo siglo se suman no pocas ocasiones o motivos que podrían haber desatado en Pérez una posible filiación desesperada por respetar o hacer respetar *la verdad de las cosas*, como ahora dice él mismo. Sin embargo, parece no importar a su biografía haber subarrendado un pequeño departamento en la colonia Doctores que —en estricto sentido— era un falso alquiler ante el legítimo dueño del inmueble (que terminó por desahuciarlo, sacando sus pocos muebles y pertenencias a la calle). A lo largo de la primera década del presente siglo, sabemos que Adalberto Pérez malgastó su tiempo en la redacción, corrección y posterior edición de siete versiones diferentes de la llamada Definitiva Reforma Fiscal, que la Secretaría de Hacienda no llegó a publicar jamás en el Diario del Estado.

En el terreno sentimental, Adalberto Pérez sostuvo media docena de relaciones amorosas (o una que otra adicional) a lo largo del decenio que va como puente entre los siglos XX y XXI con sendas parejas que —a la luz de su actual aversión a las mentiras— no podrían ser ahora consideradas por él ni para una conversación ocasional. A pesar de que el contundente impacto vocacional, emocional y profesional por su rompimiento con Constanza avalan el ritmo de su drama, durante seis meses del año 93 Adalberto anduvo con una falsa aspirante al título de Miss Nayarit (innegablemente guapa, mas invalidada para el título por el límite de edad) y su rompimiento se debió a los recurrentes síntomas de una narcolepsia (al parecer, pasajera) que le impedían mantenerse despierto en la intimidad (el chiste en la redacción del periódico afirmaba que «la Miss lo había dejado por uno más despierto»). Entre 1994 y 1996, Adalberto anduvo muy enamorado de Neny Guajardo, ex integrante del equipo mexicano de nado sincronizado; consta que llegaron a cultivar una emotiva complicidad física y emocional... hasta que la tragedia eclipsó toda posible definición de su felicidad: Neny murió ahogada en la Bahía de Huatulco en Oaxaca, al intentar reproducir una antigua coreografía de sus años olímpicos en altamar sin considerar la peligrosa presencia de un pulpo.[1]

Adalberto Pérez empezó a sanar la herida emocional y trazó un nuevo rumbo para su biografía durante casi diez meses del año 1997, al cambiarse de la Secretaría de Hacienda a la Secretaría de Desarrollo Social y Petrolero, mudándose durante ese tiempo a Salamanca, Guanajuato, donde se enamoró de Tatiana Verduguillo, a la sazón Jefa

---

[1] Las imágenes en YouTube no dejan lugar a dudas y no pocos expertos han opinado sobre el raro margen de probabilidad que enmarca el hecho. Pérez se encargó —en otro video de YouTube— de desmentir todas aquellas versiones que afirman que en realidad se trató de un ataque de tiburón.

de Máquinas Desechables en la Refinería de Salamanca. Ambos decidieron afincarse en la ciudad de Guanajuato y desatar un consuetudinario frenesí público de sus afectos, llegando a acumular 122 multas por besarse y fajar en la vía pública, expedidas por funcionarios al servicio de la Presidencia Municipal (en aquel momento presidida por un destacado miembro del Partido Conservador Católico). Cuando todos los amigos y conocidos de la pareja daban por hecho que el romance intenso terminaría en boda, Adalberto Pérez renunció a la Secretaría de Desarrollo Social y Petrolero y a la relación con la Verduguillo con argumentos que dejó debidamente enlistados en dos cartas («...harto del proceso de refinación...»; «...ajeno al proceso de todo carburante» y «simplemente, ya me quiero ir»), donde no parece haber ni mínima huella de posibles mentiras o engaños que hayan influido en su decisión.

Sin interrumpir su vocación y labor como periodista por la libre, al regresar a la Ciudad de México, Adalberto Pérez trabajó en la Secretaría de Sanidad y Obras Ajenas, como Jefe del Departamento acumulando no pocos logros burocráticos: detención y proceso de un peluquero clandestino que acostumbraba rapar a sus clientes con machete; reordenamiento de la ordeña y pasteurización en los corrales de «La Pisca» de Tlalnepantla; configuración del Programa para Lavado y Desinfección de Vendajes Diversos en el Hospital Chimalpopoca. No pocos procesos de modernización informática le valieron bonos adicionales a su sueldo base, con lo cual alcanzó un estatus digno para intentar cortejar a *Zuleika Princesa de Orizaba* (verdadero nombre: María del Refugio Gallardo) reconocida vedette de la farándula proletaria, laureada por sus *desnudos artísticos* en escenarios endebles y revistas a dos tintas.

Pérez vivió al lado de la reconocida vedette los meses más apasionantes de su vida sexual, en una suerte de orgía desenfrenada (salvo en horas de oficina) y con absoluta libertad (que la prensa amarillista no cejó en calificar de «libertinaje»), ya que Zuleika no podía dejar de compartir con amigas y compañeras de la farándula intimidades y revelaciones que engrandecían día con día la leyenda de Adalberto Pérez. De nuevo, sin razones que tuvieran que ver con su actual fijación por denostar toda forma de la mentira, Pérez dio por terminada la relación con la otrora incandescente vedette y ya famosa *encueratriz*; renunció a la Secretaría de Sanidad y Obras Ajenas, entregó su currículum al Licenciado Matías Xochiaca (conocido como El Gordo) y cambió —una vez más— el rumbo de su biografía al asumir el puesto de ExSubdirector de Publicaciones Periódicas de la antigua Subsecretaría Editorial (ahora Subsecretaría Editorial, mismo nombre aunque ya nada era igual pues evidentemente no hubo cambio de nombre) de la Secretaría de Cultura sin Educación.[2]

Gracias al Gordo Xochiaca, Pérez logró dejar atrás los chismes que quizá habían mancillado su devenir burocrático y volvió al sendero de los logros administrativos con la edición del *Cancionero comunal del género vernáculo en México*, el *Álbum interactivo de cactáceas de Sinaloa* y la *Guía mediterránea de cocina tamaulipeca*, amén de las nuevas ediciones (con crecidos tirajes) del *Periódico Pensante de Poesía Pedestre*, *Revista Mexicana del Aforismo* y *Mural de Minificción*.

Al fallecer el Licenciado Matías Xochiaca (de un fulminante coma diabético), Adalberto Pérez inaugura lo que sería una larga década entre el pluriempleo y la desocupación sin dejar de ejercer su personalísima propensión al periodismo instintivo al entrevistar aleatoriamente a choferes de taxi, meseras, dos albañiles y un panadero, así como la efusiva redacción de crónicas deportivas o musicales que

---

[2] El cargo de «ExSubdirector» podría dar pie a una posible mentira, si no se tratara de un mero acomodo nominal en la estructura burocrática del momento que garantizaba la plaza (ahora inexistente) que le había prometido el Lic. Xochiaca.

el propio Pérez escuchaba en la radio. Consta que trabajó en una reconocida cadena de tiendas departamentales, tres farmacias y siete empresas de venta ambulante; dicen que vendió globos y juguetes de madera en La Alameda Central, que cargó durante al menos seis meses uno de los doce organillos que siguen en funcionamiento en la Ciudad de México y que intentó estudiar peluquería en una estética de la colonia Irrigación, sin éxito.

Aparece Alicia

Al atardecer de un jueves anónimo del primer mes de marzo del siglo XXI Adalberto Pérez conoció a Alicia Covarrubias en el bar La Ópera de la calle Cinco de Mayo, esquina Filomeno Mata. Dicho por ambos, se trató de una epifanía compartida, un rayo luminoso instantáneo que los hipnotizó y explica sutilmente que eligieran abandonar un bar de neblinas alcohólicas y que hayan caminado juntos hacia el vecino café de Sanborn's ubicado en la Casa de los Azulejos. Bastaron dos horas de conversación de conocencia con cafeína y colaciones varias para establecer —sin mentira alguna— el escenario de un mutuo enamoramiento.

Alicia Covarrubias era ciudadana española, nacida en Granada en 1972, estudió Arqueología en la Universidad Complutense de Madrid. Viajaba con frecuencia a México, en particular a la Península de Yucatán, con diversos proyectos relacionados con su vocación. A partir de enero del 2000, Covarrubias colabora en la revista *Sinbad. Viajes con Historia* y por la realización de diversos reportajes donde entrelaza ocio e investigación (perfil de la revista) podría afirmarse que se volvió experta en el Mundo Maya (Guatemala, incluida).

La primera etapa de la relación entre Covarrubias y Pérez se centra en los correos electrónicos que mantuvieron viva la flama del enamoramiento, una vez que ella se volvió a España terminado el periplo durante el cual se conocieron.[3]

---

[3] Es importante subrayar que ambos consideran la relación epistolar cibernética como cemento trasatlántico para su relación de

Es injusto afirmar que Alicia *dejó en ruinas* su proyecto arqueológico en Yucatán, pues ahora es sabido que la meritoria y notable labor de ella y su equipo, así como de distinguidos arqueólogos mexicanos de luengo abolengo quedó no solo evaporada sino extinta o borrada por la delirante deforestación y los descarados arrasamientos ecológicos provocados por las obras del llamado Tren Maya. Ni hablar de la fauna sacrificada, la proliferación de antojitos antihigiénicos en andenes y a la vera de las vías y la raquítica suma de pasajeros (en general inexistentes), salvo en la falsa inauguración del trenecito cuando se dejó venir un alud de periodistas que cortejaban a la corte del presidente de la república.[4]

Nueve meses después de la partida de Alicia, Adalberto Pérez viaja a España y consta en actas diversas que vivió con ella cinco semanas de ensueño y veraz romanticismo. Por mera diversión fonética, decidieron pasar una semana en la provincia de Burgos, en la localidad de Covarrubias como homenaje al apellido de Alicia (aunque ambos aparentemente desconocían si se trataba del verdadero lugar de su antaño origen); la tercera semana del periplo la

---

pareja y se verá más adelante que los correos electrónicos entre ambos se consolidaron realmente como eslabón fundamental de su unión.

[4] Aquí conviene evocar un delirante simulacro como posible antecedente a la secreción de bilis falsacionista de Adalberto Pérez. Se trata de la previa y perversa falsa inauguración de un supuesto tren que uniría a la Ciudad de México con un aeropuerto (hoy y siempre vacío) donde distinguidos políticos y militares aceptaron ser filmados en un vagón simulado celebrando con sonrisas de tipo desarrollo tecnológico, rodeando al susodicho presidente de la república… mientras que un sacrificado escuadrón de soldados rasos agitaban al mentado vagón con palos haciendo palanca encima de un pedazo de vía sobre la que aún reposa (oxidado) el vagón que parecía estar en movimiento por la magia digitalizada de unas pantallas planas que engañaban a través de las ventanas la filmación de un trayecto a ninguna parte. Lo cual parece también metáfora política.

pasaron en Granada (donde Adalberto Pérez asegura haberse convencido de que «no hay mejor guía de La Alhambra que mi mujer», aunque seamos honestos, esa frase parece haber sido pronunciada por Abdul en tiempos de El-Andalús) y las dos semanas restantes en Madrid.

Aquí conviene subrayar un probable desliz colindante con el tema de la mentira, pues Adalberto elogiaba con frecuencia el nombre de Alicia como derivación fidedigna del nombre griego *Alethea*, traducido vulgarmente como *verdad*, hasta que la propia Alicia se encargó de aclararle a su enamorado que en ningún lado consta que el origen de las *Alicias* sea la *Alethea* griega, y sí por el contrario *alís*, un remoto vocablo francés que le encantaba rimar a ella misma con Flor de Lis.

A partir de ese primer viaje de confirmación, la pareja se aboca a preparar detalladamente la posibilidad de vivir juntos en México, y ambos —a través de un intenso intercambio de correos electrónicos— realizan incansables esfuerzos, acuerdos y ajustes para lograr que en otro mes de marzo (casi a la fecha exacta de cumplir años de haberse conocido) Alicia Covarrubias y Adalberto Pérez alquilen un departamento en la calle de Michoacán, colonia Condesa, a media cuadra del Parque México, e inicien lo que a todas luces es una extraordinaria vida en pareja, cuya estabilidad, concordia y normalidad permanecerán inalteradas a lo largo de no pocos años que fueron lustros… hasta el día en que Adalberto Pérez sufre una pronunciada recaída con el virus ya incontrolable la propensión obsesiva por la constante investigación y revelación de mentiras. Una compulsión por la Verdad que —como hemos leído al principio— contrajo al terminar Constanza con la relación que él llegó a creer trascendental la víspera de la víspera de Navidad y por ende, recordaría siempre como falsa, irónica y afortunadamente sepultada en el merecido olvido al encarnarse Adalberto en Paladín del Escepticismo estrechamente unido ya con Alicia Covarrubias a pesar de todos los tiempos y distancias por el milagroso bálsamo de que ella jamás mentía, ni mentiría porque *Alethea o Noalethea, Alicia nunca miente.*

Algunas verdades parecen mentiras

Es mentira que me hayan expulsado de México por un exagerado incidente ocurrido en el gimnasio *BodyFit* que se ventiló en redes sociales y dos canales de periodismo amarillento por internet. Efectivamente, me hice de palabras con una megagorda que insistía en portar leotardos dos tallas más pequeños que los de sus lonjas y abultadas asentaderas, pero en ningún momento destrocé las bicicletas del *spinning* ni el ventilador del techo, como aseguran los apóstoles del chisme. Yo trabajaba glúteo y pectoral sin molestar a nadie desde hace ya más de cuatro años y si no me inscribí en las clases de zumba no fue por desdén ni desprecio a mis compañeros de calistenia, sino abierta y simplemente por pereza.

Nadie me echó de México, y si salí de mi país fue por resucitar mi relación con Alicia, que me dejó en pausa amorosa y se regresó a Madrid con su madre. Habíamos mantenido una correspondencia electrónica que me ilusionó con la posibilidad de reconstruir lo nuestro, pues Alicia se había hartado de mi creciente propensión a la revelación de las interminables mentiras que han minado el alma de México, una obsesión en defensa de la verdad o verdades que mínimamente deben respetarse en el transcurso de la vida cotidiana y que, según he comprobado, han quedado continuamente mancilladas en la saliva colectiva mexicana.

Según un psiquiatra, mi condición se disparó luego de un viaje que hice a la ciudad de Los Ángeles, California. Durante mi estancia entablé una conversación etílica con un vendedor de seguros en la barra del bar del hotel

Hampshire, que sin explicación alguna derivó en la revelación de lo que podríamos llamar «Alta falsedad publicitaria». El profeta se llamaba Phil Kubrick (sin relación con el cineasta) y construyó su conversación a partir de las muchas anécdotas que había acumulado como supervisor en materia de la ya inexistente ética publicitaria en los medios norteamericanos. Al segundo *gin tonic*, Phil sacó su *tablet* y me mostró gráficamente el antes y después que quizá marcó mi criterio vital: la famosa modelo rusa que anuncia el brasier *SuperForm*, y que todo adolescente ha memorizado en ferviente transpiración del onanismo, no es más que un truculento engaño de Photoshop que altera la fotografía hasta en los poros de la piel. La verdadera imagen de Valeria Poplovska es la de un cetáceo sin aletas, con notables imperfecciones no solo en el equilibrio de su cuerpo, sino en la anchura misma de su rostro. Al siguiente *gin tonic*, Kubrick me demostró que la mayoría de las fotografías de alimentos que aparecen en video y foto fija no son más que retratos de plásticos y hules moldeables que parecen comestibles, pero que en realidad no pueden ni morderse con mandíbula mecánica. También me demostró que los hielos no se pueden retratar y que por ende, todas las fotografías para la publicidad de refrescos y bebidas alcohólicas que incitan al deseo con la fresca transpiración de sus cubos helados no son más que la descarada mentira con la que fotografían cuadritos de plástico transparente para que parezcan alivio para todo calor. Como rúbrica a sus parlamentos, Phil se despidió en la barra, firmando con una tarjeta de crédito que él mismo advirtió que podría ser falsa, y dejándome una tarjeta de presentación donde aparecía claramente impreso el nombre de otra persona. Pinche Kubrick.

    Tocado por la intriga, al día siguiente reparé en el aeropuerto de Los Ángeles que el vuelo que me llevaría de vuelta a México no era de Aeroméxico (como indicaba el boleto) sino de una línea aérea de Alaska (según dijeron, asociada con Aeroméxico y otras once compañías de aviación). Por afortunado capricho del empleado que me atendió en el mostrador (a quien creo haberle gustado para alguna posible perversión) fui «subido» a primera clase, y en el amplio asiento de falso cuero que me tocó junto a ventanilla tuve oportunidad de degustar un vino espumante que ofrecieron indebidamente con el nombre de «champán» y un fiambre de plástico finamente rebanado que presentaron como «jamón serrano». En el asiento aledaño se sentó un hombre que dijo llamarse Kevin Guajardo y que aprovechó no pocas horas del viaje para presumir el éxito (que insistía en llamar «coreano») que había alcanzado su empresa familiar durante la pasada década: un laboratorio prácticamente clandestino (luego, legalizado) que empezó en una casa rural de la sierra michoacana donde su familia había perfeccionado lo que Guajardo llamaba «el arte del saborizante artificial».

—Esas papas que compras a granel que dicen en la bolsa que son de sabor queso o crema con cebolla, no son más que —en el mejor de los casos— papas comunes y corrientes pasadas por un horno a presión donde se les agrega una ligera llovizna de saborizante artificial en polvo —me dijo Guajardo con la asiática sonrisa de un triunfador michoacano en los labios. Añadió (no sin asco) que hay casos en que las papas o patatas son sustituidas por rebanadas curvas de almidón plástico saborizado como tubérculo.

—Eso empezó con los chicles, ¿no? —le dije intentando sincronizar mi memoria gustativa con el insípido personaje. Entonces se le fue la lengua al tal Kevin Guajardo:

—Mira, manito, los chicles de fresa no son de fresa, y los cachitos de tocino que le agregas a tus ensaladas mejor ni saber realmente lo que son. Mi familia ha cuajado un emporio que efectivamente empezó con la combinación de choco-frambuesa y banana-mango en los chicles supuestamente sin azúcar hasta alcanzar productos mucho más elaborados, como el arroz con sabor a coco y la miel *á la nutella*… del tabaco mentolado al vodka de naranja y el coctel margarita de melón, dominamos un mercado de millones de consumidores que me permite confiarte lo que ya decían las abuelas… *no todo es lo que parece*, manito.

El vuelo de esta íntima pesadilla transcurrió entre revelaciones quizá innecesarias sobre el supuesto pollo que nos ofrecieron como comida, el falso café que alcanzaron a servir antes del aterrizaje y otras mentiras que me revelaron lo que ya había empezado a sentir desde la noche anterior con Kubrick: casi todo lo que me rodea es falso o no del todo verdadero. De aquí que, al volver a casa, Alicia no tardó más de veinte horas en descubrir que había recaído notablemente en mi convencimiento de la Mentira Universal y que mis gestos ya insinuaban cambios en mi conducta, tendientes a la verificación como hálito vital.

Según ella, se veía en la comisura de mis labios y en la dilatación de mis pupilas una creciente e incansable propensión a la duda. Me estaba transformando en la encarnación del escepticismo y desde los primeros días, Alicia me advirtió que —de seguir así con mis denuncias— acabaríamos muy mal como pareja. Muy mal y quizá tuvo razón, porque empecé a dudar de las etiquetas de mi ropa y el día que Lucilo Jiménez me presumió su chamarra de gamuza no me aguanté y le dije que se le veía muy bien, pero que eso no era gamuza ni soñándolo. Evidentemente, se trataba de un polímero disfrazado de gamuza seguramente confeccionado por mano de obra infantil y esclavizada en mazmorras de Indochina. Poco importó que Jiménez comprobara que se trataba de un sintético bastante convincente fabricado en China, pues me dejó de hablar y fue entonces el primero de mis amigos y compañeros de trabajo que poco a poco fueron alejándose de mi ya constante propensión al asentamiento inobjetable de verdades.

Reconozco la incomodidad que suscité: aclaraba medidas en conversaciones ocasionales, como por ejemplo cuando alguien decía que había tardado media hora en la fila de un cajero automático, exigía que reconociera que en realidad solo habían sido once minutos. O si alguien afirmaba haber recorrido veintidós kilómetros en el trayecto del metro, le demostraba matemática y simplemente que la distancia entre las estaciones que mencionaba no rebasa los ocho kilómetros y medio.

La cosa empeoró en cuanto Alicia declaró que ya ni se podía ver la televisión conmigo, pues en el noticiero de las once habían proyectado imágenes de un desastre ecológico que supuestamente había azotado a una población en Afganistán cuando a todas luces se notaba que el video mostraba imágenes de las inconfundibles calles de un barrio proletario en Tampico, Tamaulipas. Los de deportes daban resultados de partidos del día remitiéndose a viejos videos de jugadores (quizá de los mismos equipos actuales) pero cuando se jugaba con pantaloncillo a la *hot pants* y melenas a la Metro Goldwyn Mayer. Por esos días y para colmo, la Güera Balvanera nos invitó a un concierto del otrora célebre cantante Pajares que resultó ser no más que una pantomima en *play-back*, aceptada por los asistentes con sus rabiosos aplausos, pero inevitablemente motivo de discordia entre nosotros cuando dije que yo mismo pude haber montado al escenario y fingir que cantaba las estúpidas baladas del Pajares si solo contara con el vestuario de lentejuelas (también falsas) con las que decoraba sus ridículos pantalones.

Llevé a mis sobrinos a un circo donde los animales eran en realidad danzantes disfrazados de paquidermos, leopardos y cebras. Solo un miserable caballo flaco era de veras. Ese jamelgo entre payasos maquillados y un polichinela rascuache al que, días después, reconocí entre los amables dependientes de la farmacia donde acostumbro surtir mis recetas para medicinas seguramente alteradas por el imperio de las drogas supuestamente legales, pues dicen algunas fuentes confiables que hay muchas boticas donde venden no pocos medicamentos que en realidad no son más que placebos de azúcar rancia disfrazados con la artimaña de pasar como *genéricos de los verídicos*.

En la oficina me ligué a la amiga de Lupita Ventura, secretaria del jefe, y la invité a salir creyendo que me ayudaría a superar la ausencia de Alicia cuando se me fue a España. La rubia resultó pintada, con pupilentes azules para ocultar sus órbitas grises y con pechos operados en una clínica clandestina donde ella misma me confió que pretende operarse las crestas ilíacas para parecer más *sexy*. De lo demás, ya se imaginan: uñas y pestañas postizas, bolso y vestido copiados de prestigiosas marcas, tacones que simulan mayor estatura. Incluso creo poder afirmar que la autobiografía que me narró fue totalmente inventada o plagiada de una novelita barata. Alicia me lo advertía desde que empezamos a enamorarnos: «las demás... la mayoría... son falsas y te tomarán el pelo... conmigo, no hay rodeos... ni mentiras».

Así fue. Habiendo iniciado un amor con Alicia, mujer de verdad y verdades, me dio de pronto por sabotear nuestra relación con una incontenible propensión para la detección de la mentira. Quizá no soy el único, y por ende busqué ayuda, y sigo en el empeño de volver a deambular por este mundo con el saludable salvoconducto de dejar pasar las mentiras y mentiritas que nos rodean, pero esto no es fácil de revertir. En el Seguro Social me remitieron al consultorio de un analista. ¿Que cómo acudo al Seguro Social si como exburócrata y verificado desempleado ya no soy legalmente derechohabiente? Muy fácil: en México, mientras te sepas mover te metes donde se te pegue tu chingada gana y, además, en México hasta los judíos son guadalupanos. El analista que me tocó consultar se llama Romérico Angulano, cuyo nombre ya despertaba suspicacia y paso a continuación a intentar recrear las engañosas circunstancias de mi encuentro con él:

- *Dr. Romérico Angulano*, decía una placa de falso cobre (con una ligera mancha de aguacate en la esquina inferior) clavada en la puerta (sin comentarios).
- El vestíbulo intentaba recrear (sin éxito) un *mise en scéne* detectivesco de novela con neblina: la secretaria empotrada tras un viejo escritorio, entre libreros alineados con ejemplares empastados en cuero viejo, no pocos de ellos simples páginas en blanco, sin tipografía; y en las paredes, tres cuadros donde se enmarcaban fotocopias de paisajes.
- El consultorio se veía de entrada como una ridícula escenografía improvisada —quizá entrañablemente— como atmósfera sugerente para el florecimiento de cualquier psicoanálisis: diván con almohadones que intentaban recrear la fotografía en sepia del rincón de Sigmund Freud en Viena, salvo que los cojines eran de policromadas telas indígenas de la sierra de Oaxaca; falsa fotografía del Dr. Angulano dando la mano a Bill Clinton, enmarcada tras el escritorio, y dos vasijas que intentaban pasar como de porcelana.

Ahora bien, el Dr. Angulano me recibió con una sonrisa que parecía veraz desde la primera cita y, a lo largo de las siete sesiones semanales en las que me dejó verbalizar mis tribulaciones y pendencias, guardó un estricto silencio absolutamente clínico, sentado en un sillón que parecía totalmente terapéutico y desde donde salía el sonido inconfundible de su pluma fuente (aparentemente auténtica Mont Blanc) garabateando sus notas, al filo de una diminuta mesa con pañuelos desechables, estratégicamente colocados a la altura de mi cabeza reposada sobre el diván.

Sin embargo, a las ocho semanas y por un azar inexplicable, el Dr. Angulano llegó tarde a nuestra cita semanal. Gervasia (la secretaria que al menos no podía mentir sobre su nombre) me había dejado pasar al consultorio

(«…y si quiere, acuéstese en el diván en lo que llega el Dr. Angulano») por la confianza que se había establecido con el pago puntual y la puntual asistencia durante las ocho semanas que llevaba mi tratamiento. La circunstancia me permitió escuchar que el tal Angulano entró casi gritando: «Hola, mi Gervi…» para luego toser (como si le hubieran pedido compostura) y entrar agitadamente a su consultorio, donde yo había aprovechado para revisar detalladamente lo que resultaron ser a la postre las claves de su impostura: sobre el escritorio había tres películas piratas, una falsa pipa (de las que solo expulsan vapor con saborizante a maple) y un libro entero de Erich Fromm fotocopiado (por supuesto, ilegalmente).

Había yo aprovechado mis minutos a solas para acercarme —ya dubitativo y más, considerando que con ocho semanas no había en realidad *curado* mi propensión al escepticismo— a leer los tres títulos supuestamente académicos que colgaban enmarcados tras el escritorio. Uno fardaba el título de Licenciado en Psicología por la Universidad del Valle de Oaxaca (inexistente) y al lado, otro donde se leía con delicada caligrafía Maestría en Psicoterapia Conducto-Esotérica expedido por el Instituto Mexicano del Deporte Acuático (a todas luces, falso) y un curioso título en inglés donde se leía que Romérico Angulano había realizado estudios de PhD (Doctor of Philosophy) in Psychology, nada menos que en la prestigiosa Universidad de Harvard, con un pequeño dibujo de laureles que rodeaban las palabras *Magna Cum Laude*… creíble, de lejos, mas engañoso al acercar la mirada, pues el papel aparecía firmado por Howard Cosell como *Dean* de la Facultad, con una fecha probable, pero un lugar absolutamente falso: Maradona County, South Dakota.

No se necesitan dos dedos de frente para descubrir el engaño, sabiendo que Howard Cosell fue no más que un célebre cronista deportivo norteamericano de los años setenta, patiño de Mohamed Ali en más de una entrevista y que la Universidad de Harvard no tiene sucursales en las llanuras de Dakota. Así que al entrar Angulano al consultorio, donde quizá esperaba encontrarme dormido en el diván, lo interpelé con un sosiego casi cinematográfico:

—¿Hay alguna explicación para estos títulos falsos? —dije mirándolo fijamente.

—Jeje, amigo mío, son una broma —dijo Angulano, empezando a sudar—, ya sabe usted cómo son los amigos. Es una broma... mis acreditaciones están en trámite...

—Míreme a los ojos y dígame la verdad...

—Amigo mío, verá...

—Nada de verá... dígame... responda sí o no, ¿es usted psicólogo?

—A ver, Adalberto, le juro que en esto va mi reputación: seré absolutamente sincero con usted y le ruego que no salga de aquí lo que le voy a decir: la verdad es que soy Ingeniero Mecánico Electricista y el año pasado tomé un curso en Terapia Gestalt por correspondencia que me dio las herramientas con las que he podido ayudar —humildemente— al prójimo en este consultorio...

—¡¡Tapadera!! ¡¡Consultorio, mis güevos!! Esto es una tapadera para quién sabe qué artimañas y dinero mal habido... Si se anunciara abiertamente como «Ingeniero Mecánico Electricista con ciertas herramientas en Terapia Gestalt ofrece terapia semanal en absoluto silencio» sería más verdad que la mentira con la que me ha estado ordeñando mis quincenas desde la primera cita... —y salí dando un portazo que había imaginado desde la primera sesión de su engaño. Habiendo sido referido con el impostor como derechohabiente del Seguro Social yo no tenía por qué haberle tenido que abonar las sesiones, pero lo hice por pendejo y porque en México también se nos da la duda metódica propensa a lo práctico: entre que son peras o manzanas, pago por ver y ya veremos.

El día menos pensado vuelve a las páginas de la prensa alarmista o a las pantallas idiotizantes un nuevo chisme de usurpación de funciones, impostura abusiva o simple pinche engaño. Cómo no recordar a la falsa psiquiatra de Celaya, Guanajuato, que no solo se anunciaba en el Feisbuk con su cara fotochopeada, sino en videos-selfi donde hablaba en una lengua que ella creía que era francés o en selfis del Instagram tomadas en Disney World, aunque escribía como pie de foto que eran «recuerdos de mi adiestramiento en el FBI». La mentirosa psíquica y psicópata no sería criminal sino meramente risible si no fuera porque recetó medicamentos de alto voltaje u octanaje a incautos pacientes que la habían consultado engañados por las fotos y videos, los idiomas inventados y la bata blanca de manga corta.

Ese mismo día empecé con mis listas. Para variar, Alicia tenía razón, y en cuanto empecé a enlistar en cuadernos las mentiras que detectaba a mi alrededor, se me fue filtrando una saliva de iras contenidas y creciente escepticismo incontrolable que motivó el progresivo empeoramiento de mis posibilidades de convivencia… y que significó la razón fundamental por la que se me fue Alicia.

Las listas de Adalberto

Es mentira que yo haya enviado a la prestigiosa Agencia Ascot de publicidad la idea para una nueva campaña de la Coca-Cola en la que salía yo a cuadro, con un vaso del burbujeante líquido negro, diciendo: «¡Hola, soy Adalberto y mi vida sexual es como la Coca-Cola!... fue normal, luego <u>light</u> y ahora es cero».

También es mentira que yo sea el divulgador del chistorete que afirma que con las dietas, en vez de hacer la digestión, solo logro hacer la fotosíntesis. (En realidad, nunca he realizado una dieta.)

Las tijeras que guardaba mi madre en su costurero, enfundadas en una botita de fieltro color naranja, no pertenecieron a Albert Einstein (como aseguraba mi tía Lola).

Lo único más o menos creíble de todos los chismes falsos que circulan en torno a mi persona es que tengo un miembro descomunal que casi me llega a las rodillas, un milagro genético que no precisa más verificación que la observación, que no suelo permitir a cualquiera.

Falsas son las fotografías de las hamburguesas que acostumbro degustar en fines de semana; sobre todo, la doble queso con tocino que a todas luces es un engaño más de la fotografía publicitaria, como lo es también el cutis y las agilidades múltiples que fardan los integrantes de los <u>Rolling Stones</u> en su más reciente video promocional.

Me niego a llenar esta libreta con la interminable lista de mentiras y medias verdades que acostumbran vomitar los políticos. Sin embargo, es inevitable subrayar que basta un mínimo empeño de verificación para confirmar que casi todas las cifras que maneja el gobierno —sea en materia económica, poblacional o mera política— están falseadas con la baba inevitable de la mentira:

No se sabe a ciencia cierta cuál es el número exacto de habitantes de México ni de la Ciudad de México; ningún partido político tiene la cifra exacta de sus militantes afiliados y a nadie consta que el precio del litro de la leche pasteurizada sea realmente el que corresponde a su punto de equilibrio en una gráfica de oferta y demanda.

Nadie lleva la vera contabilidad de los dineros que ejerce el gobierno federal ni la suma exacta de la elevadísima evasión fiscal en la que incurren de manera cotidiana millones de mexicanos, así como nadie sabe en realidad cuánto dinero en efectivo aportan al flujo de la circulación los lavados billetes que emanan del narcotráfico y demás actividades ilegales.

Es totalmente falso que mi prima Genoveva haya participado en el concurso musical de la OTI y que su canción provocara una carcajada trasatlántica que sonara al unísono en todos los países de habla hispana.

El peinado de quien fuera mi jefe en el Departamento de Devoluciones Fiscales en la Secretaría se debía a un tupé con el que disfrazaba su calva desde hace treinta años. Esta información me llegó gracias a la Rosario Rojas, dependienta de la tintorería donde el jefe acostumbra lavar su tapetito de pelos.

El Licenciado Rivadavia, que ha exonerado de toda culpa a no pocos funcionarios corruptos, se llama en realidad Raquel Escamilla, nacida en Durango y descarada impostora que ha trepado descaradamente la escalera del sistema judicial mexicano sin haber estudiado leyes jamás en su vida travestida. También es falso el título de abogado que mostró ayer en el noticiero.

No es verdad que las casetas de cobro en la Autopista México-Cuernavaca se instalaron al inaugurarse la vía —hace décadas— con el propósito de pagar su construcción; el tiempo ha demostrado que se trata de una ordeña longeva.

Casi todas las distancias señalizadas en las principales carreteras del país están calculadas a ojo de buen cubero y es una burda mentira asegurar que todo el territorio nacional tiene cobertura total para telefonía celular y banda ancha de internet. Yo mismo me fui andando a Querétaro desde la Ciudad de México (cinco días con sus noches) y me consta que todos los letreros de la autopista de peaje mienten en el kilometraje que señalan, pues fui contando mis pasos en el iPhone (aunque a tramos no conté con la debida cobertura cibernértica).

La llamada Carta Magna de México no existe; lo que se guarda y expone de vez en cuando como reliquia es un ejemplar de la primera versión de la Constitución Política, en hermosa caligrafía hoy ya ilegible para la generación cibernética, que ha sufrido más de un centenar de correcciones y enmiendas, cambios radicales amén de interpretaciones contradictorias, que abaten toda posible veracidad o incluso, vigencia.

La mayoría de actores y actrices que iluminan las pantallas de mis diversas ilusiones tienen dentaduras postizas, cuerpos operados en aras de la estética dominante y una nebulosa contable que normalmente falsea el verdadero monto al que ascienden sus fortunas.

Es falsa la supuesta ubicación exacta en el Centro Histórico de la Ciudad de México donde el águila devoró a una serpiente en 1325, conmemorada en bronce por un conjunto de estatuas donde un puñado de indios mexicas contemplan azorados lo que siglos más tarde sería el escudo nacional de un país que, en el fondo, los desprecia. Es más, según respetados historiadores y nahuatlatos la leyenda del águila jamás hace referencia a su degustación de serpiente; al parecer, el único códice prehispánico que muestra al águila sobre el nopal define claramente que lo que lleva en el pico es una tela como corbata inexplicable de su majestad.

De paso, toda reproducción —en papel, ayate o video— de la sagrada imagen de la Virgen de Guadalupe despierta por lo menos suspicacia, con la mera observación de que las alas del angelito que la sostiene bajo la media luna llevan los colores de la bandera de un país que nació tres siglos después de las milagrosas apariciones en el cerro del Tepeyac.

Expertos en filología y psicología concuerdan en definir como mentira toda referencia que aluda a la Victoria Alada que corona la Columna de la Independencia del Paseo de la Reforma como «El Ángel», siendo evidente que se trata de «Una Ángela» por las dos razones que muestra en su pecho.

Es absolutamente falso que Alicia me haya dejado por haber heredado una fortuna en su España natal y haber decidido malgastarla en un romance establecido con el cantante Enrique Iglesias por vía de su club de fans.

El café de Güendis no es en realidad café, sino una elaboración de achicoria tostada que confunde incluso a los paladares más avezados en la degustación de esa bebida. Por lo mismo, el chocolate que acostumbra venderse en El Turco de la antigua calzada del Niño Perdido es en realidad un champurrado espeso.

La mayoría de las personas que dicen al despedirse «luego te llamo», no llaman jamás; lo mismo sucede con quienes afirman «luego lo vemos», o bien, «te escribo en unos minutos».

Un elevado número de mujeres atractivas, sensualmente coquetas, que acostumbran pasar largas horas a solas o en compañía de amigas (gemelas o clones) en restaurantes y bares de ligue... son casadas; y un elevadísimo número de galanes que acostumbran atestar salones de baile, antros y discotecas de moda... son también casados.

La supuesta belleza arquitectónica de los edificios monumentales con paredes de vidrio es una mentira imperdonable.

La emoción con la que Porfirio Díaz inauguró el Hemiciclo en honor a Benito Juárez fue falsa, como también han sido no más que engaño las lágrimas o demás muestras de conmoción que han tenido sucesivos presidentes de la República ante escenas de dolor popular.

Generalmente, la frase «estamos trabajando en ello» es falsa.

Los artículos periodísticos de Gamaliel Echenique —otrora poderoso autor y funcionario— son en realidad descarados plagios elaborados por un amanuense que trabajaba de <u>negro</u> para el malogrado personaje. En el mismo estante, los reportajes, crónicas, novelas y sobre todo cuentos que ha publicado McArthur Falcón, nefando autor de <u>bestsellers</u>, han sido enredados en constantes dudas y sospechas de autenticidad, en algunas ocasiones obviadas por el salvoconducto del dinero como conciliación. Se sabe que Falcón orquestó un falso video donde se le ve con casco azul de la ONU en un supuesto frente de batalla en Sarajevo, al lado de un tanque al parecer inservible, y que luego se demostró que el intrépido impostor engreído se hallaba en realidad a muchos kilómetros de distancia de Sarajevo.

La tinta de las llamadas <u>Magiplumas estilográficas</u> es en realidad un gel de pintura rebajado con amoniaco común, y el famoso pollo con la receta legendaria del Coronel Sanders es en realidad un roedor sin plumas, alterado genéticamente, para desarrollar alitas, pechuga y piernas carnosas sin movilidad alguna (y sin ojos).

La ensalada oriental que sirve sin aliño el restaurante Wang Feng de la calle de los Dolores de la Ciudad de México es en realidad un amasijo de plástico con edulcorantes y tintura vegetal.

Por el momento, los billetes de cien mil pesos son falsos.

La carta con la que se despidió Ernesto <u>Che</u> Guevara de Fidel Castro es apócrifa y el cráneo de Emiliano Zapata que se vende por internet es falso.

Miente quien afirme que la bebida llamada Tom Collins haya sido inventada por el tercer astronauta de la tripulación de la NASA que conquistó la Luna en 1969, mientras cumplía con sus órbitas como taxista al tiempo que Aldrin y Armstrong recorrían el páramo gris de la desolación infinita.[5]

<u>El libro teotihuacano de los muertos</u> no existe y, a pesar de su esplendor turístico, no son del todo verídicas las estructuras o la actual apariencia de las llamadas pirámides del Sol y de la Luna en Teotihuacán; a todas luces, se trata de un montón de piedras (incluidos los templetes de la Calzada de los Muertos) unidas por argamasa de cal y cemento modernos con las que fueron reconstruidas y maquilladas como reliquias, habiendo dormido la paz de los siglos disfrazadas como cerros y montículos cubiertos de yerba.

La imagen de Miguel Hidalgo y Costilla, Padre de la Patria, corresponde en realidad a Samuel Hahnemann, Padre de la Homeopatía, y me consta porque me consta que la hazaña del anónimo Pípila, quien se dice que incendió la puerta de la Alhóndiga de Granaditas en Guanajuato con una antorcha (ahora considerada de «la libertad») es en realidad una mentira.

Es falso que los millones de dólares recaudados cíclicamente para ayuda de damnificados de diversos desastres naturales en México realmente lleguen como alivio a las manos que los necesitan.

Es mentira que alguien tenga posibilidad real de extirpar la corrupción de la vida pública

---

[5] Sigue pendiente confirmar si todo el programa espacial de la NASA no fue sino una burda mentira, escenificada en estudios cinematográficos del desierto de Arizona, bajo la dirección de Stanley Kubrick (ninguna relación con un amigo mío de Los Ángeles, California).

mexicana. También son falsas las supuestas imágenes donde se observa a integrantes del Ejército Mexicano quemando diversos y cambiantes tonelajes de mariguana o cocaína.

Es mentira siniestra la afirmación de Donald Trump en el sentido de que todos los mexicanos que han cruzado la frontera hacia Estados Unidos en busca de mejores futuros sean todos «violadores y asesinos». Es más, todo lo que dice y hace Donald Trump es falso.

No es del todo verídico suponer que el mercado de la compra y venta de mariguana haya dejado de pasar por los cuarteles de las Fuerzas Armadas. Es falso —o en todo caso, altamente improbable— que la Marina de México resguarde, vigile o ejerza total control sobre las doscientas millas marítimas de mar patrimonial que corresponden a la geografía del país.

La mayoría de las cajas de cereal —en sus diferentes sabores y formas— mienten no solo en la declaración de sus ingredientes, sino en el peso total de sus contenidos; de igual manera, la mayoría de las bolsas de papas fritas solo contiene la mitad de su capacidad sellada al vacío.

El agua de la Ciudad de México no es potable; la calidad del aire en la ciudad de Guadalajara hace tiempo que dejó de ser limpia; la población de Monterrey se refiere al dique seco que la cruza de lado a lado como «el río»; el puerto de Acapulco no se ha librado de la ominosa presencia de diversos grupos del crimen organizado que vacacionan en sus playas, sin dejar de matar; Morelia no es ni ha sido jamás la «capital del cine mundial»; la carretera de «Mil Cumbres» miente en su nombre.

A nadie consta que los terremotos se anuncien con fulgores luminosos entre nubes blandas, o que el repentino enrojecimiento del cielo sea anuncio infalible de un temblor inminente.

Es falso que el avión supersónico Concorde de la línea aérea Air France dejara de volar a México porque en el aeropuerto Benito Juárez se robaran piezas fundamentales de sus turbinas y es mentira que exista un criadero de perros especializados en el rescate de edificios derrumbados, fundado a partir del secuestro de los perros amaestrados que han venido en dos ocasiones a México en misión de solidaridad. Por lo mismo, es falso que los perros amaestrados en la detección de drogas que laboran en el aeropuerto de la Ciudad de México sean adictos incurables de toda sustancia psicotrópica y que por ello descubren los alijos prohibidos al padecer constantes ataques de abstinencia.

La sopa de lima que acostumbran servir en el tugurio conocido como Mérida Linda no es de lima.

Miente quien afirme que el agua de Jamaica se prepara con pétalos de una planta caribeña, importada diariamente por toneladas donde también se esconden otro tipo de hierbas.

No es cierto que la mayoría de los clérigos, ministros, sacerdotes y jerarcas de la Iglesia Católica cumplan con los votos de castidad y pobreza. Tampoco es cierto que se haya abolido la venta de indulgencias u otros bonos fiduciarios para la compra y venta de la salvación de las almas.

Un significativo porcentaje de la labor de traducción con subtítulos para el inmenso flujo de producciones cinematográficas y televisivas provenientes del extranjero (sobre todo, de habla inglesa) falsean los parlamentos y alteran los títulos. En el mismo tenor, la traducción de 1972 de la primera edición en Fondo de Cultura Económica de Los templarios de un olvidado autor francés es casi totalmente falsa al confirmarse que más de la mitad de sus páginas se deben más a la imaginación del traductor que a los párrafos del original en francés.

La licencia de manejo que porto (así como una incontable cantidad de licencias en manos de millones de automovilistas mexicanos) es falsa, chueca o como quiera llamársele, así como las cartillas de servicio militar que aún circulan en manos de miembros de mi generación, pre-Millenial, cuando aún se creía veraz la posibilidad de ser llamado a las armas en caso de guerra por pasar a formar parte de la Primera y Segunda Reservas.

Es mentira que el gobierno de México tenga registro confiable de todas las pistas para el aterrizaje y despegue de aviones o avionetas en la totalidad de la superficie geográfica del país.

La carretera recién estrenada que une a Querétaro con el antiguo libramiento hacia San Luis Potosí es un engaño geográfico. Caerán responsables.

Las canchas de basquetbol en un alarmante número de escuelas oficiales son de medidas antirreglamentarias, no solo en la extensión sino en la altura de los aros. Evidente explicación para más de un trauma deportivo infantil.

Pequeño paréntesis genético de Adalberto

El tío Carlos

Debemos al Dr. Evelino Ruvalcaba (doctor en Historia, experto en Archivística, Heráldica y Diplomática) el hallazgo de dos interesantes perfiles en la genealogía de Adalberto Pérez que, según algunos, pueden considerarse como antecedentes enrevesados del brote verificador o síndrome desmitificador que inundó la mente y voluntad de Pérez en años recientes. Otros aseguran que los parientes de Pérez nada tienen que ver con su acendrada obsesión por la revelación e incluso denuncia de mentiras, falsedades, plagios y demás tomaduras de pelo, pues ambos perfiles resumen las respectivas biografías de dos tíos abuelos de Adalberto Pérez, inequívocamente conocidos como mitómanos.

Carlos Anaya Guajardo (Pénjamo, Guanajuato, 1900-Ciudad de México, 1983), tío abuelo de Adalberto Pérez por vía materna, fue un fantasma que deambuló por el mundo sin profesión oficial ni relaciones amistosas o amorosas estables; desde 1929 fingió ser detective privado (habiendo cumplido un curso por correspondencia en la Agencia Pinkerton de San Francisco, California) y, en realidad, sobrevivía gracias al dinero que le enviaba mensualmente su hermana, abuela de Pérez. Se conservan siete tarjetas de presentación en hermosa caligrafía que definen a Carlos Anaya como «Investigador Criminalista. Discreción Absoluta» y una dirección en una ya desaparecida vecindad de la villa de Irapuato, Guanajuato.

Anaya Guajardo acostumbraba mentar a la hora de los aperitivos (por lo general, dos o tres caballitos de tequila con sal y limón) tres o cuatro anécdotas recurrentes: para empezar, afirmaba poseer un reloj que había pertenecido a Adolfo Hitler que de vez en cuando mostraba a contertulios en cantinas de prestigio; a continuación afirmaba saber sin lugar a dudas el paradero de Amelia Earhart, afamada aviadora cuyo avión se perdió en el océano Pacífico en 1937 (hecho narrado magistralmente por Roberto Arlt en las crónicas del diario argentino *El Mundo* que, inexplicablemente, coleccionó Carlos Anaya); también repetía consuetudinariamente la historia que lo retrataba como el único mexicano capaz de ascender hasta la boca del volcán Popocatépetl (una marca que lo obligaba a caminar a campo abierto toda la noche y toda la madrugada, para llegar a la cima ya entrada la mañana y, según Anaya, bajar y atravesar caminando la Ciudad de México a tiempo para comer en Tlatelolco entre tres y cuatro de la tarde). Por último, Anaya edulcoraba cualquier tertulia a la hora del tequila con el cuento de que a la edad de diez u once años había sido el único *hombre* capaz de esperar en el andén de la estación de trenes de León, Guanajuato, la llegada del general Francisco Villa, quien al descender del vagón —según Anaya— desenfundó una pistola plateada con cacha de marfil, grabada con sus iniciales *FV*, y volteando el cañón se la entregó al niño Anaya diciéndole: «Tome, muchachito, porque usted es el único valiente de este pinche pueblo que me mira de frente».

El reloj que Carlos Anaya mostraba como pertenencia de Hitler era en realidad un modelo de pulsera sin mayor valor, cuya carátula presentaba una suástica invertida que había sido pintada a mano, con bolígrafo común y corriente. Lo de Amelia Earhart podría decirse que no era más que una reproducción memorizada de lo escrito por Roberto Arlt, mientras que la bravata de Anaya en el sentido de haber sido capaz de amanecer en el Popocatépetl y llegar a comer a Tlatelolco aparenta ser no más que un velado homenaje a la fantasiosa crónica de Bernal Díaz del Castillo, cuando narra prácticamente haber realizado el mismo recorrido el día en que el Capitán Cortés ordenó la extracción de azufre de las paredes del volcán para la elaboración de pólvora (hazaña comandada por un atrevido soldado de apellido Meza) y volver por las calzadas sobre los lagos con el tiempo suficiente para atestiguar una danza indígena en Tlatelolco. Sobra mencionar que ni los helicópteros de las actuales cadenas de radio y televisión podrían cumplir con el periplo.

Como Investigador Privado aseguraba haber sido contratado por un secretario del presidente de la República, general Lázaro Cárdenas, para *darle ánimos* durante la lectura ante la Nación y los micrófonos enlazados de todas las estaciones de radio mexicanas del Decreto de la Expropiación Petrolera el 18 de marzo de 1938 desde Palacio Nacional (las fotografías solo demuestran su ausencia) y afirmaba haber sido contratado treinta años después como guardaespaldas en el Mágico y Misterioso Viaje de *The Beatles* a los hongos alucinógenos administrados por María Sabina en un jacal escondido en los cerros de Oaxaca (ni John o George, Paul y Ringo mencionan el viaje ni el supuesto guarura), y en el único *Curriculum Vitae* que se conserva (en papel amarillento, mas engargolado a la vieja usanza) se enlistan los siguientes «Casos de Detective con Éxito»: acorralamiento y liquidación del «Cuchillero de Cuautla»; detección, descubrimiento y detención de las Hermanitas Verdugo, meretrices de Moroleón, Guanajuato; rastreo minucioso y consecuente proceso judicial de la banda potosina falsificadora de Bonos del Ahorro Nacional y billetes de la Lotería Nacional…, sin que ninguno de estos logros tenga respaldo periodístico ni judicial ni en la memoria colectiva de los lugares mencionados.

Carlos Anaya vivió la última década de su vida en un cuarto de azotea en la casa de su hermana, abuela de Pérez, en la Ciudad de México, y alargaba sus días con la invención más o menos diaria de nuevas anécdotas falsas, ligeras mentiras y afirmaciones insostenibles. Familiares y conocidos coinciden en describirlo como un fantasma solitario, sin amistades y parco, tendiente al mal humor y, con los años, apuntalando un notable parecido con el actor estadounidense James Stewart. Subrayemos que Anaya Guajardo era muy fachoso, dueño de tres viejos trajes raídos tendientes al color conocido como ala de mosca y si acaso, habría que celebrar el hermoso sombrero vaquero *Stetson* de piel de conejo (aparentemente robado por Anaya Guajardo, aunque llegó a presumir que se lo regaló John Wayne). Consta también que presumía haber conocido a Lee Harvey Oswald, presunto asesino de John F. Kennedy, en una fiesta donde alternaron con la escritora Elena Garro, y aseguraba conocer los planos de dos túneles subterráneos que conectan el Palacio Nacional del Zócalo de la Ciudad de México con los llanos de Villa Coapa; fardaba haber bailado con Grace Kelly y haber vivido un romance con María Félix durante buena parte de 1962, pero en realidad ya todos los testigos lo tomaban a broma y además, se burlaban abiertamente de sus parlamentos. Sin embargo, al encontrarlo muerto en el piso de su cuarto de azotea y realizar un mínimo inventario de sus pertenencias, sobrinos y servidumbre descubrieron envuelta en un paño de terciopelo morado, perfectamente anidada en una elegante caja de madera caoba, una impresionante pistola marca Colt, con cacha de marfil e iniciales *FV* grabadas que, según la Casa Morton-López de Antigüedades, realmente perteneció al general Francisco Villa, antes conocido como Doroteo Arango.

El tío José

José Ojeda Torres (Guanajuato, 1890-León, 1960), tío abuelo de Adalberto Pérez por vía paterna, fue lo que podría llamarse un incansable viajero inmóvil. Consta que el único viaje largo que realizó en su vida fue en tren desde su natal Guanajuato hasta la Ciudad de Laredo, Tamaulipas, donde cruzó durante unas horas la frontera hacia Texas y cuya duración total no rebasó seis días. Sin embargo, Ojeda Torres aseguraba haber vivido uno de los romances más intensos en la historia de la humanidad con una dama llamada Bertha Deveaux, bailarina francesa afincada en París y heroína poco reconocida de la Resistencia Francesa durante la Ocupación Nazi.

Según Ojeda Torres, vivió con Deveaux en un hotelito en Montparnasse, habiéndose conocido en una época en blanco y negro donde llegaron a departir con John Dos Passos, Ernest Hemingway y luego, varios escritores del mundo surrealista y, según su propio bulo, la mejor etapa de su amasiato fue en los años inmediatos a la terminación de la Segunda Guerra Mundial. Se sabe que Bertha Deveaux participó en la producción cinematográfica de *Le Ballon Rouge* de 1956, y que a finales de esa época consta en mentideros que fue amante de Charles Boyer, aunque se supone que seguía unida a José Ojeda Torres, por lo menos hasta el amanecer del 11 de diciembre de 1961 en que Bertha Devaux se tiró del *Pont Neuf* sobre el río Sena. Según Ojeda Torres, el suicidio fue confundido inicialmente por homicidio y «hasta que intervino Scotland Yard se logró esclarecer la tragedia que marcó la vena más íntima de mi corazón adulto».

Familiares, amigos y conocidos coinciden en señalar que en las variadas ocasiones en que Ojeda Torres narraba supuestas escenas y diversas anécdotas de su vida —absolutamente inverosímiles— con Bertha Deveaux, Ojeda Torres jamás cambió detalles narrativos ni circunstancias evocadas, pero que caía en pequeños esguinces de veracidad —en esta y demás de sus historias inventadas— que insinuaban casi a manera de confesión que mentía. Por ejemplo, al cuestionársele qué demonios tenía que ver Scotland Yard en la investigación de un posible homicidio, luego suicidio, en un puente de la capital de Francia, Ojeda Torres se limitaba a responder que «eso demuestra que se trataba de un caso extremadamente difícil».

José Ojeda Torres mentía constante y continuamente de manera sabrosa, fruto de unas dotes de conversador extraordinario. Lo único que podría minar o incluso interrumpir sus narraciones sería notar que cualesquiera de los oyentes sonrieran o rieran abiertamente poniendo en duda los hechos que hilaba verbalmente, siempre anclados en una prodigiosa memoria pre-cibernética. En tiempos ya remotos para esta era de Googles y Wikipedias, Ojeda Torres hablaba de calles, cafetines, restaurantes, monumentos e incluso fincas particulares de París como si realmente hubiese vivido allá, a pesar de que consta a todos sus conocidos que fue un hombre que solo realizó un único viaje en tren de Guanajuato a Laredo. Decía haber alquilado una vivienda en la *rue* Saint Didier 666 bis, aledaña a un colegio de niñas, y describía la fachada del inmueble, las tiendas de las calles vecinas e incluso la sutil manera en que se observaba la puesta del sol desde el balcón de su vivienda como si contara —hace más de medio siglo— con la pantalla de un teléfono inteligente donde se mostrara la imagen en tiempo real.

Dueño del único automóvil Singer que haya circulado en calles y callejones de Guanajuato, Ojeda Torres llegó a decir que tenía un motor que funcionaba «con hilo de bolita y estambre común», como la máquina de coser de la misma marca, y otras mentirillas veniales. Sin embargo, hay dos anécdotas que resumen de pies a cabeza el perfil de su elaborada mitomanía.

En la primavera de 1957, su medio hermano Pedro Félix realizó un viaje a París con motivo de un congreso ganadero, y al informarle a Ojeda Torres, este lo conminó:

—No dejes de cenar en *Chez Pierre*, hermano.

—¿Y en dónde queda eso? —le dijo Pedro Félix, disfrazando su convencida incredulidad.

—Mirando de frente a la magnífica embarcación que es no más que la Ópera de París, caminas por la primera *rue* a la derecha y a dos cuadras, a la izquierda, al fondo de una estrecha callejuela quizá siga iluminado el letrero en neón que reza *Chez Pierre* —dijo Torres Ojeda con seguridad enciclopédica, y agregó—: Amén de que transmitas mis saludos, pide el faisán con una botella de *Chateau Carinne* del '47, que ya sabes que toda cosecha anterior de esa casa sabe a pólvora, y verás cómo te atienden.

Pedro Félix Ojeda Hernández, medio hermano de Ojeda Torres, cumplió con su participación en el Congreso Ganadero de 1957, y la víspera de su regreso se acercó a las inmediaciones de la Ópera de París con la intención de desmitificar las historias de su hermano, confirmar su incurable propensión a la mentira y, a la postre, llevarse una de las más intrigantes sorpresas de su vida.

No solo encontró *Chez Pierre* (según las precisas indicaciones que había dictado Ojeda Torres) sino que además, al pedir el faisán con una botella de *Chateau Carinne*, contempló el asombro del viejo camarero que se alejó con prisa y volvió al instante, acompañado de quien aparentaba ser el dueño del local, llamado efectivamente Pierre, quien pasó a comentar que «faisán con *Chateau Carinne* era una clave que se utilizó durante la *Résistance*» y pasó a recordar que jamás olvidaría la belleza de Bertha Deveaux y sus logros no solo como bailarina en diversas producciones, sino en su valientísimo heroísmo en la lucha contra los nazis. Al preguntarle sobre la posible relación de la Devaux con un mexicano, Pierre Étienne Gavoile espetó entre carcajadas: «*Ce n'est pas possible, mon ami*... Bertha era lesbiana de hueso colorado, apasionada lesbiana diría yo... De hecho, vivió muchos años adolorida por una intensa infatuación que sentía por Joséphine Baker y se cree que se suicidó por haber sido no solo rechazada e insultada, sino herida profunda y emocionalmente por una poeta norteamericana que acostumbraba parar en la vieja librería de Shakespeare & Co.». A los postres, Pedro Félix Ojeda Hernández preguntó como último recurso si acaso *Monsieur* Pierre Étienne Gavoile había cruzado conversación alguna con su medio hermano, a lo que el restaurantero francés respondió que estaba a punto de alzar su vaso para brindar «por el único mexicano que he conocido en *ma vie*: ¡Usted!».

Otra anécdota que retrata de pies a cabeza la elaborada mitomanía de Ojeda Torres ocurrió poco antes de su muerte, cuando su sobrino Jorge Nicolás Hernández le informó que había sido enviado en viaje de estudios a un curso de economía que se celebraría en Estambul y —como para provocar una mentira y gozar sin reír del invento— añadió:

—¿No será que me puede recomendar un buen lugar para comer?

—¡Ah, Bizancio! —empezó diciendo Ojeda Torres—. Pasé no pocas temporadas de relajación y erotismo en ese sueño maravilloso de la bella Turquía... ¡Si yo te contara, sobrino!

—Para luego es tarde, tío —dijo Jorge Nicolás—, saque su libretita de recuerdos y recomiéndeme lugares: dónde comer, o incluso un buen baño turco... musiquita y desenfreno...

—¡Calla, muchacho! De mis andanzas entre los siete velos no hablaré jamás... —dijo Torres Ojeda y añadió—:

Si acaso, te diré que las delicias de la intimidad y las bondades del vapor turco son un asunto que siempre privilegié como producto del azar afortunado y gratuito; es decir, jamás pagué por placeres. De la comida, te diré que cualquier kebab es bueno… Asume la ingesta como si se tratara de una ya conocida degustación de tacos al pastor mexicanos y verás que solo te faltará la salsa verde… Pero lo que sí te recomiendo es que te hagas un tiempo para recorrer el viejo mercado de Estambul.

Añadió entonces el tío José: «Entras por la puerta principal del mercado y te detienes en el tercer pasillo para contemplar los mejores tapetes y alfombras persas del planeta. Aunque quizá ya falleció mi amigo Alí Moad Bengali, seguramente sus descendientes mantienen abierto el expendio… Lleva mi tarjeta y verás que te hacen descuento, por si quieres volver de la vieja Constantinopla en una verdadera alfombra voladora como en las historias narradas por la musa *Sherezade*».

Tanto el medio hermano como el sobrino de José Ojeda Torres volvieron de sus respectivos viajes fingiendo traer saludos afectuosos, tanto de Pierre Étienne Gavoile como de los tres nietos de Alí Moad Bengali. En ambos casos, medio hermano y sobrino abonaban las imposturas del tío Pepe, sin que este mostrarse alteración anímica o gesto adverso por el contagio o complicidad de su pantomima geográfico-biográfica. El sobrino mostró la pequeña alfombra, digna de un rezo con dirección a la Meca, que compró en el lugar, sito exactamente donde de manera imposible lo evocaba Ojeda Torres. Ambos familiares —medio hermano y sobrino, así como otros participantes en las reuniones donde se habló de sus respectivos viajes— incurrieron en mentiras, es decir: mintieron y fingieron haber confirmado que José Ojeda Torres había vivido en París y viajado con frecuencia a Estambul, sabiendo perfectamente que solo estaban insuflando la manía enrevesada de un hombre —con todo, inofensivo— que había construido una biografía absolutamente falsa, llena de aventuras imposibles, con el impreciso afán de izar una impalpable arquitectura verbal.

Pura literatura o bien, literatura pura, no es descabellado inferir que Ojeda Torres era lector voraz, asiduo usuario de bibliotecas públicas y ávido detective amateur en la lectura de mapas y planos callejeros. Sabemos que no se necesita ser investigador profesional para obsesionarse con la recolección de datos o huellas —algo que al parecer hereda Adalberto Pérez de sus antepasados— y que la revelación de hallazgos no se debe al simple esparcimiento de chismes o a la vanidad de creerse poseedores universales de la Única Verdad, sino al placer quizá irracional de la narración.

Con motivo de un cumpleaños, ya muy avanzado en ellos, José Ojeda Torres recibió de parte de su medio hermano Pedro Félix —y en presencia de no pocos testigos— un policromado bastón de madera tallado con motivos prehispánicos. La cabeza del mango era un colorido jaguar, con los colmillos rematando la punta curveada del garfio, y a lo largo del palo, diversos frutos y guerreros aztecas en diversos colores. Su medio hermano había encargado el báculo a unos artesanos de Tlaxcala, solicitando que se tallara un diminuto escudo de armas —desde luego, falso— que mostrara las iniciales J.O.T. y la fecha de su nacimiento, 1890. Siete años después del regalo, pocos meses antes de que falleciera Ojeda Torres, su medio hermano le preguntó delante de varios familiares si acaso ese bastón «tenía historia». Por el mero placer de la narración, por la destreza narrativa verbal y efímera que sin duda nublaba el entendimiento de Ojeda Torres, vale la pena reproducir a continuación su ya legendaria respuesta:

«—¿Cómo es posible que no te haya contado? —dijo Ojeda Torres acomodándose en la mecedora—. Todo empezó en Manhattan... como no pocas de mis andanzas. Me había dispuesto a cruzar la Unión Americana en un trayecto ferroviario, al parecer ya imposible, de Nueva York a San Francisco, pasando por Chicago, Wichita, el antiguo Denver, y llegar al otro mar habiendo gozado de un relajante periplo, propio para la mejor reflexión… y la aventura.

»Fue al atardecer del primer día, sentado (como era mi costumbre en el espléndido salón fumador, techo de cristal semicircular, último vagón antes llamado *caboose*) cuando lo vi entrar. Era él. Inconfundible. Portaba un elegantísimo terno *midnight blue*, zapatos impecables de finísimo charol, la camisa de antaño con pechera almidonada (tres cubrebotones nacarados) y el rígido cuello añadido. Completaban la magnífica impresión de verlo sus mancuernillas imperiales y lo que parecía una diminuta lupa con la que se dispuso a leer el periódico. A pesar de llevar la mirada escondida tras unas gafas de verdes cristales, lo reconocí como si lo conociera de décadas. Era el rey Carol II de Rumania, desconcertante y magnético, peinado como en las ceremonias donde aparecía con su antiguo uniforme de húsar… viajero en el tiempo.

»Me acerqué respetuosamente —a pesar de que debí haberle asestado una puñalada, sabiendo que se trataba de un notable chacal antisemita— y con el nivel de alemán que dominaba en aquella época, simplemente le saludé. Me reconoció inmediatamente:

»—¡Pepe! —me dijo— Te ruego que mantengas el secreto. Vengo de incógnito. El mundo está al revés y necesitaba desahogar no pocas tribulaciones y pendencias… ¡y aquí me tienes!

»Se siguieron entonces cinco días con su noches de una charla tan solo interrumpida para que ambos pudiéramos dormir pocas horas en nuestros respectivos compartimientos. Conversaciones que se prolongaban sobre las diminutas aunque elegantes mesitas del vagón comedor, en los silenciosos pasillos estrechos del carro tres y en ese salón fumador, bajo millones de estrellas que parecían otear no el diálogo, sino un auténtico intercambio intelectual que parecía sacar chispas no solo en los muchos puntos de descontento que nos separaban, sino en las inesperadas coincidencias que nos unían.

»Al llegar a San Francisco, recuerdo la brisa... y a su majestad espuria, agradeciendo la complicidad que me había solicitado desde el primer momento. Le refrendé mi voluntad de no revelar su identidad y esa aventura se cierra en el momento en que me extendió su bastón, que no es otro que el que ven aquí, diciéndome:

»—Pepe, no tengo otra cosa que darle. Acepte mi bastón, como si fuese de mando... buena suerte y ¡viva México! —y así como lo oyen, no he dejado de apoyarme en este cayado desde mis primeros paseos por San Francisco, California.»

Como bien escribió un sabio escritor cubano, los casos de Carlos Anaya Guajardo y José Ojeda Torres —ambos curiosamente tíos abuelos de Adalberto Pérez, por ambas ramas de su familia— son ejemplo de la rara circunstancia donde el bíblico adagio de «ver para creer» se invierte —como en el caso habanero de Pietro Zamorini, tenor cubano que en realidad era mecánico en un taller automotriz— para cristalizar en la mágica ilusión de «creer para ver». Tanto Anaya Guajardo como Ojeda Torres son arcángeles inofensivos que en nada alteraban la convivencia de quienes los conocieron y sí, por el contrario, animaban la imaginación instantánea de todo aquel que escuchara sus maravillosas historias inventadas. En el fondo, ambos conforman un expediente en el enrevesado perfil genético de Adalberto Pérez, que de ninguna manera disipa el inexplicable conjunto de motivos por los que de pronto y sin aviso le dio por incomodar e intolerarse con la sucesiva confirmación de mentiras, falsedades, plagios, medias verdades, paparruchas, simulacros y pantomimas que se le fueron apareciendo de manera obsesiva y compulsiva en su realidad.

Concluye el Dr. Evelino Ruvalcaba (doctor en Historia, experto en Archivística, Heráldica y Diplomática) que en el inconsciente de Adalberto Pérez se formó desde los años de su adolescencia un credo emocional sobre la cuadrícula de lo Bello, lo Bueno y lo Verdadero con sus respectivos opuestos de Fealdad, Maldad y Mentira. Según esto, se trataba de un trinomio cuadrado perfecto donde tres virtudes y tres defectos se multiplicaban o desdoblaban como *párpados del alma*... y que todo ello no tiene absolutamente nada que ver con las biografías, legados o ralas herencias de sus tíos abuelos Carlos Anaya Guajardo y Pepe Ojeda Torres.

La humanidad ha abjurado

Alicia no me dejó por otro. Si se marchó de vuelta a España fue porque ambos habíamos acordado abrir un receso que me permitiera intentar poner en orden la obsesión que me empezó como hilo de pequeñas dudas, y ha ido creciendo en mi cerebro como un incontrolable trastocamiento emocional que he conducido hacia un escepticismo casi total y no necesariamente incurable.

En mis libretas (siete hasta el momento) he anotado puntualmente los indicios, sospechas y luego confirmaciones de variadas invenciones, mentiras, simulacros, noticias falsas, informaciones erróneas, abiertas falsedades, engaños recurrentes y demás tomaduras de pelo que he ido observando —como nunca antes— en diversos escenarios de la realidad circundante. Me refiero a las relaciones humanas, publicaciones periódicas, proyectos y programas políticos, finanzas y estructuras empresariales, vaivenes diarios del mundo del espectáculo, celebración y resultados del vasto universo del deporte profesional, corrillos y mentideros de la llamada cultura, espejismos de la publicidad o del medio literario o del mercado del arte o de las pasarelas de la moda o del mercado automotriz, el abasto de la canasta básica de alimentación, las bolsas del mercado financiero, los enredos de las afianzadoras y aseguradoras, la venta,

alquiler y herencia del mercado inmobiliario...
Etcétera.

Supongo que no soy el único ser humano al que de pronto y sin aviso ni premeditación le llega la duda, el principio dubitativo, la semilla del escepticismo, y sin que me importe si soy o no el único ser humano al que esto se le convirtió paulatinamente en obsesión, lo cierto es que de la simple detección de pequeñas mentiras sin importancia pasé —quizá de manera inconsciente— a la revelación de mayores falsedades. En el camino, fui asentando —una por una— una serie de verdades inapelables; así como se derrumban los engaños, se van fincando convicciones.

La decantación no es simple y, por ende, es perfectamente comprensible que Alicia sufriera los estragos cotidianos de una perniciosa letanía, insoportable para quien la pronuncia como para quien la padece. Sin embargo, Alicia nunca miente, ni ha mentido, y desde el momento en que ambos tomamos la decisión de separarnos fue con el objetivo de volver a empatar en cuanto yo pudiera resolver el entuerto emocional y psicológico en el que me había metido. Además, desde el segundo día de nuestra separación volvimos al contacto epistolar por vía del correo electrónico, y no hemos suspendido llamadas telefónicas, al menos una vez a la quincena.

Es probable que el filamento de mi hartazgo que se reventó en el hipotálamo fuera mi renuncia a seguir tolerando o haciendo oídos sordos ante la mentira ajena o el engaño exógeno. Es decir, es muy probable que a una gran parte de la humanidad le suceda lo mismo. Si me concentro en mi caso, debo decir que una manera de explicar cómo era mi comportamiento hasta antes de filtrárseme la obsesión se explica por el hecho de que toda mentira que no tenía nada que ver conmigo simplemente no me afectaba o interesaba. Vivía yo al margen de los engaños de las grandes compañías petroleras, por ejemplo, o bien, no me incomodaban los discursos delirantes de politicastros corruptos en tanto no alteraban mi sueldo quincenal o la tranquilidad del barrio donde vivía. Pero todo aquello que parecía lejano a mi piel de pronto se volvió erisipela, y la comezón se volvió creciente y luego incontrolable en cuanto empecé a rascarme. Al menos eso afirmó Alicia con absoluta razón.

Quien no da importancia al hecho de que el sabor de un postre que se anuncia como de plátano sea artificial —y no producto de haber sido confeccionado con la verdadera fruta— no tiene razón para incomodarse ni motivo para quejarse ante el dueño del restaurante que lo vende, pero quien repara en que la hora que marca el reloj en una estación de autobuses lleva siete minutos de retraso descubre de pronto un vacío que sin exageración merece llamarse existencial. ¿En dónde se perdió el tiempo verídico que yo mismo me preocupo por calcular en mi reloj de pulsera? ¿De qué sirve comprar un boleto para un viaje a Moroleón, si al llegar a la estación descubro que el horario por el que se guía la salida del camión es en el fondo un engaño? Allí se establece un vado en el tiempo y un hueco en el espacio. Allí donde se abre un telón casi imperceptible parecería que la existencia es capaz de perderse sin brújula, como si viajara de vuelta de Japón en dirección contraria a la rotación de la Tierra y llegara de regreso a casa con un día de anticipación a la fecha convenida, como Phileas Fogg en <u>La vuelta al mundo en ochenta días</u>. ¿En dónde quedan esos días que se pierden por contrariar la rotación de la Tierra? (De paso, ¿no sería mejor llamar Agua al planeta que habitamos, por el azul que lo distingue en el universo a contrapelo de la tierra marrón, los pastos verdes y las nubes blancas como motitas de algodón… tres colores en desventaja ante los azules del cielo y la inmensidad de los océanos?)

Mentí durante la infancia y a lo largo de la adolescencia sin pensar en las implicaciones, y sin tener que reparar ningún daño simplemente porque las mentiras sobre las que me apoyé no eran más que inofensivas evasiones ante las posibles consecuencias de alguna verdad. Mentí incluso durante mis años universitarios, y quizá a lo largo de los primeros años de mi vida profesional como burócrata en diferentes dependencias del gobierno. Incluso, hay no pocas instancias del devenir académico o del funcionamiento administrativo en donde parece inevitable apoyarse en lo falso: debates sobre algún libro del que habiendo leído solamente el prólogo y los capítulos más legibles se discutía en clase como si en verdad se hubiera leído el libro entero; o bien, ejercer presupuestos para determinadas actividades de trabajo sabiendo que se podrían realizar con menos recursos. En ambos casos, queda insinuada la cercana relación de la mentira con el robo y demás telarañas de la corrupción. El engaño se vuelve abuso y es quizá por ello que de pronto alguien declara su hartazgo y quiere romper con el ciclo nocivo.

En mi caso, es probable que haya intentado corregir toda forma de abuso, o al menos impugnar robos e intransigencias, con la detección de las mentiras que los hacían viables. Así, por ejemplo, me parecía ejercer una suerte de militancia ética aclarándole a mi madre que el último abrigo que compró —creyendo que era de afamada marca parisina y por ende, pagándolo como tal— era en realidad una copia fabricada en Bangladesh. En el mismo ánimo, la gabardina Burberry que recibí como única herencia de mi padre resultó ser fabricada en talleres clandestinos en algún lugar de la India, con mano de obra esclava e infantil, aunque era una copia exacta del modelo Rick's Casablanca, trench coat de solapa abotonada y cinturón cinematográfico. Mi afán por subrayar que la gustada marca de galletas de mantequilla que se venden como importadas de Holanda son en realidad horneadas y empaquetadas en un galpón cercano a Orizaba, Veracruz, no se debió a una búsqueda de notoriedad o una propensión a la iniciación de escándalos entre consumidores, sino a una suerte de obligación moral que simplemente no me dejaba quedarme callado, a pesar de que el sabor de esas golosinas me deleitaba sobremanera.

La impresión estética que me causa la contemplación de la pintura titulada Las dos Fridas no tiene nada que ver con el hecho de que no pude evitar señalarle a mi jefe en la Secretaría de Hacienda y Devoluciones Fiscales que el ejemplar de ese cuadro que fardaba como tesoro en el salón principal de su casa era no menos que una burda copia, a pesar de que se lo habían vendido como original de Frida Kahlo. Ahora bien, Alicia me hizo notar —años después del incómodo desaguisado que provoqué con mi comentario en casa de mi jefe— el hecho quizá innegable de que el susodicho había adquirido la burda copia con dinero a todas luces mal habido y que, por ende —<u>ladrón que roba ladrón</u>—, yo solamente había destapado un reducto más de la imbecilidad y la ignorancia. Esto me lleva a encuadrar mi suprema aversión contra la mentira como una compulsión ligada a la creciente intolerancia que le guardo a la niebla de imbecilidad y al tufillo de generalizada ignorancia con la que se esparce cada vez más fácilmente toda forma de lo falso.

Una inmensa mayoría de seres humanos creen fincar una opinión o incluso apuntalar convicciones con lo que se afirma en aforismos que no pasan de 140 caracteres, no siempre legibles, en sus cuentas de Twitter. Muchos usuarios del llamado Facebook aprueban —y multiplican— imágenes, parlamentos, frases, dizque noticias, verdades a medias, inferencias y corazonadas con tan solo otear durante unos segundos lo publicado por conocidos o desconocidos. Prójimos y próximos, alienígenas o entenados, iluminados y ofendidos, revanchistas y promotores, apóstoles o fariseos, y un interminable etcétera de usuarios en todos los idiomas lanzan sentencias, consignas, corazonadas, axiomas, comentarios, diatribas o celebraciones como quien tira al viento semillas que pueden o no germinar, sin fertilizante alguno, entre los surcos de la ignorancia.

Yo mismo quedé perplejo al confirmar que uno de mis antiguos compañeros en la Secretaría de Sanidad Pública y Obras Ajenas se dedicó durante su primer año en el desempleo a subir biografías falsas a la página universal de Wikipedia. El individuo se tomaba el tiempo para comprar viejas fotografías de diversos personajes anónimos en el Mercado de la Lagunilla e inventarles una vida apócrifa, en algunos casos añadiéndoles bibliografía y referencias inexistentes para solaz, según él, divertido e inofensivo. Al descubrirse una de las páginas que había confeccionado —donde plasmaba el retrato biográfico de un pintor supuestamente poco conocido de la primera década del siglo XX— fue localizado por un despacho de abogados que amenazó con fincarle responsabilidades jurídicas de seguir con su jueguito. Desconozco en qué terminaron las andanzas de mi antiguo compañero de burocracias, pero supongo que fue uno de los miles de espectadores que me vieron salir en televisión el día en que declaré —en vivo y en cadena nacional— que un gol que se le había adjudicado al nefando equipo llamado América en un partido contra el glorioso Club de Futbol León A.C. no había sido gol, pues el balón simplemente no rebasó la línea de la portería. Me consta no solo por haberlo visto con mis propios ojos (desde la perspectiva del tiro de esquina donde acostumbraba sentarme en el Estadio Azteca) sino porque lo confirmé en la pantalla de video que un equipo de la propia televisión había instalado a pocos metros de mi localidad. No aguanté las ansias y me abalancé sobre el locutor, arrebatándole el micrófono, y clamando al aire, a voz en cuello, <u>para todos los que quieren y aman el futbol</u>, que acabábamos de presenciar una más de las imperdonables mentiras con las que han pretendido hipnotizar la voluntad de la masa mexicana desde tiempo inmemorial.[6]

---

[6] El alarde de esta denuncia ocurrió antes de la invención e instalación del VAR para verificación de jugadas

El veneno de la mentira repta sutilmente en la saliva de la mujer que afirma cariñosamente por teléfono —sea para tranquilizar a sus hijas, ofrecer un placebo verbal a sus ancianos padres o bien, neutralizar los posibles celos del marido—: «estoy en casa de mi amiga Silvia y salgo para allá en cinco minutos», cuando en realidad está desnuda sobre la cama de un motel a punto de redefinir el Kama Sutra con un amante maravilloso. Es la misma saliva del borracho profesional que asegura (a las cuatro de la madrugada y ante la mirada atónita de su esposa somnolienta) haberse entretenido en una discusión con los amigos, producto de la mexicanísima costumbre de alargar las sobremesas durante siete horas, cuando en realidad no se ha dado cuenta de que trae la corbata vomitada, los calcetines en la bolsa derecha del pantalón y un boleto en el bolsillo de la camisa que garantiza «un baile privado en el cuartito del fondo».

La mentira que ya pasa casi desapercibida entre quienes se despiden de uno con un libro prestado bajo el brazo con ese «luego te lo devuelvo» y la falsa sonrisa de las damas que saludan como si les diera gusto vernos. La mentira de los amanerados curas que se acompañan a todos lados por jóvenes novicios que desfilan a su lado como asistentes o monaguillos sin poder revelar su intensa perversión o sus apasionados enredos en la sacristía, y la falsa filantropía de tantísimos empresarios que disfrazan su racismo acendrado con una pantomima de donaciones

---

dudosas o el propio despiste o escepticismo de los árbitros afiliados a la FIFA... que de una rara manera deben no poco mérito objetivo a la figura de Adalberto Pérez.

que en realidad solo sirven para la exención de sus impuestos, y la melodramática simulación de los bígamos al filo de la tercera edad en celebraciones familiares donde brindan por la unidad, o la mentirita con la que no pocos agentes de tránsito intentan extorsionar a los automovilistas incautos y, allí mismo el variado muestrario de mentiritas con las que todo automovilista intenta zafarse de las multas merecidas, o la inmensa mentira a la que se ven obligadas millones de mujeres mexicanas hostigadas por los abusos incontrolables de un machismo anquilosado, y las mentiras a las que recurren los fumadores de mariguana, los alcohólicos desamparados, los diabéticos en negación, los obesos en constante dieta, los cleptómanos impunes, las bulímicas ante el espejo, los alopécicos con peine, los miopes sin dioptrías, las canosas con tintura, los chimuelos sin diente, los invitados sin corbata, los adolescentes sin transporte, los empresarios sin recursos, los músicos sin talento, los escritores sin inspiración, los albañiles sin obras a la vista, las cantantes en conjuntos para bodas sin repertorio nuevo, el violinista sin oído, la cocinera sin sazón, la abuela sin nietos, el anciano sin hogar, los huérfanos sin techo, los perros sin dueño, ese árbol sin ramas, el barrio sin agua, el edificio sin cimientos, todo municipio sin gobierno, el paisaje sin ley, el presidente sin cabeza, la senadora sin ideas, el circo sin animales, aquel torero de bureles con los cuernos afeitados, el conductor sin licencia, el piloto sin horas de vuelo, la aeromoza sin aerolínea, el arqueólogo sin hallazgos, el telegrafista ya sin línea, esa taquimecanógrafa en oficina computarizada, el jardinero sin podadora, un mago sin chistera o el malabarista de semáforo, el pintor sin atril ni pinceles, la enferma sin seguro médico y la enfermera a merced de ciertos médicos, los médicos que andan de taxistas, los taxistas piratas, los piratas informáticos, los informantes secretos del crimen organizado, la desorganización jurídica, los jueces corruptos, los magistrados iletrados, los fiscales analfabetas, los diputados con narcolepsia crónica, los trapecistas sin carpa, los pericos sin alas, los clérigos agnósticos, los prelados ateos, los fanáticos sin causa, los mexicanos sin papeles, los millones sin memoria, los que nunca olvidan, los que ya ni se acuerdan, los que recuerdan todo, los que acusan, los culpables, los callados y los que callan, todos los que se mueven y los que nunca cambian.

Habla Alicia de Verdad

Mi amor por México no necesariamente sintoniza con el que le profesan los propios mexicanos. Desde mi primer viaje a tierra azteca intenté alejarme de mexicanos que exageraban la constante relación de amor-odio que transpiran hacia sus propias raíces, su remoto pasado histórico o sus frustraciones de actualidad. Digo esto como posible explicación inicial a la decisión que tomé con Adalberto Pérez de separarnos durante un tiempo prudencial en el que se comprometía a buscar ayuda profesional: la convivencia se había vuelto imposible. Era un sinvivir con la paliza de sus quejas que intentaba contagiarme, una paliza de verdad provocada por la constante repulsión a cualquier tipo de mentira.

Yo siempre digo la verdad. Conmigo y desde niña, las mentiras no van y se lo tengo dicho a Beto desde el primer día, en el café donde nos empezamos a conocer. Creo haberle dicho, y le dije a su madre el día que me la presentó, que si de verdad queréis saber la Verdad hay que asumir que a menudo la verdad duele. La Verdad Verdadera, digo.

Beto sabía eso y supo desde los primeros días (y luego en los correos con los que fuimos acordando vivir juntos allá en México) que lo de las mentiras no va conmigo y ya está. En un plis-plás, sin que lo viéramos venir, a Beto le dio por concederle una creciente importancia a la mentira en general y yo que le decía venga ya, te pones como un crío, que déjalo ya… que ya está, que mira que te lo tengo dicho: si de veras quieres saber verdades, la Verdad Verdadera te puede dar un tortazo en plena cara que te cagas.

Se me fue de las manos como arena de playa y llegamos entonces a la decisión que nos separó (por ahora).

Adalberto de mi alma, que te estabas convirtiendo en el licenciado Vidriera, sin membrillo envenenado y con el destino asegurado en las trincheras de Flandes. Esa transparencia que te venías puliendo en cada parlamento, cariño mío, solo te llevaba a la muerte sin trascendencia, ese morir seco que no merecen los que pueden abrir los umbrales del cielo, como los alcanzo yo misma con mis brazos para salir por la claraboya de un tejado inclinado soñando que vendrás.

Escribo estas líneas en Granada. Desde mi ventana se ve La Alhambra. Aquí viví con Beto días muy especiales para ambos y he vuelto, ahora sola, para intentar poner un orden. Corte de caja, diría el abuelo. Yo amo a Adalberto Pérez como amo a México, más allá de las fronteras y de los lugares comunes, ajena al folclor en el que se convirtieron sus obsesiones y esperanzada en que de llegar a insistir en las verdades sea el hombre que creo que es: el hombre capaz de asumir la Verdad sin más y desprenderse de las inevitables mentiras que nos rodean. Así en México como en España. Así en el hoy y en el siempre.

¿Qué más da si los cacahuetes son o no cultivados en Brasil, como reza la etiqueta donde venían empaquetados? Déjalo ya y ya está. Pero no, tenía que darle la paliza al dependiente del supermercado y luego, una semana después, quejarse ante el gerente de la Comercial Mexicana con argumentos meticulosamente fundamentados para reclamar que la nectarina es una falsa mandarina, o que el detergente Ajax no contiene limón como se presume en la bolsa, o el día en que intentó confirmar si las chuletas que ya habíamos seleccionado para pesarlas en la balanza eran a su parecer caninas. ¡Madre mía, que tío tan borde! Yo, por supuesto, flipaba. Confieso que al principio, trepaba por las paredes, muerta de risa y diciendo para mis adentros: «¡Me he liado con Cantinflas!», pero la cosa se puso chunga y muy rápido. Beto se volvió un bicho de constantes dudas y la única verdad incuestionable, la que nos dejaba sin habla, y a mí flotando como una nube sobre la cama, era esa bendita polla inmensa con la que lo bendijo la madre Naturaleza. ¡Vaya pedazo de nabo!, pero ni por eso valía la pena alargar el martirio y solo yo sé las veras razones por las que había que dejarlo intentar superarlo a solas.

Solo Adalberto Pérez y solamente él, sin los pormenores de su biografía ni los perdidos renglones de su genealogía, solamente él y nadie más puede llegar a la posible iluminación emocional que lo libre de ese rollo que se trae con las mentiras y asumir, si así lo quiere de verdad, la Verdad con mayúscula. Te lo digo de verdad y yo no me ando con chiquitas: que venga —que se lo tengo ya dicho— que me encuentre de nuevo, como nueva y renovado él mismo, y ya verá la Verdad que le tengo guardadita aquí en mi pecho, eso que no se puede decir así sin más, que no soy gitana de rama de romero ni astróloga de la televisión de madrugada. Pero para que volvamos a empatarnos, para volver a caminar y buscar como siempre quisimos la eternidad que nos merecemos, Beto tiene que quitarse ese bicho de encima y ya está. Le cayó sin aviso, empezó a dudar de todo y poco a poco —que te lo digo yo— iba a empezar a dudar de mí y para que llegue hasta allí tiene que haber primero distancia. Distancia como la mar enmedio, aunque me duela alejarme de México.

El tiempo, el implacable, el de los dos... que veo la posibilidad de iluminarnos ambos. Mi madre me heredará un buen dinero y pienso comprar una buhardilla de ensueño que he visto anunciada en el suplemento dominical. Que mira que te lo digo yo, que pienso en todo lo que nos queda por delante, que ese amor de mi vida, ese cacho de hombrón que lleva leña entre piernas, ha de venir a Madrid y empecemos, o acabáramos, como decía no me acuerdo quién.

A menudo me hablo a solas. Me voy para la ducha y me hablo a mí misma y me entretengo murmurando como mantra lo que me mantiene a la espera. Y finjo acentos y me digo, cantando y tocando palmas: «¡Niña..., que ya lo he disho... que le diga la Verdá! ¡Venga, díselo, shiquilla, que tó eso le viene bié! Uno-dó-ytré... saca esa verdadé para er redondé... Uno-dó-ytré, sal del burladero, llama al majadero, y dile su Verdá!». Ay, qué risa, la de gilipolleces que me llenan la cabeza y me paso las horas pensándolo, porque yo no me ando con mentiras y sé como nadie, que te lo digo yo, que sé perfectamente por lo que está pasando el pobrecito mío. Que esto es así. Que yo también he pasado por ello y sé de otros que han tenido que rayarse como en un trillo las raspaduras más duras de la realidad. Que son soleares, que son las más íntimas llagas de los elegidos que de pronto despiertan en pleno día y se afectan por la podredumbre de las heridas, el rancio olor de las cicatrices que ya nadie ve y así, en mi Beto pobrecito mío, que con estos ojos lo he visto, quiere matar muriéndose él mismo en el intento por desvelar tanta mentira, ¡pero Niño!, que esto es así, que ya está, que ya lo sabemos, pero bueno, él tenía que tragarse ese buche de ricino, él solo y solo él, pero aquí estoy yo para esperarlo y para cuando venga, eso sí, que venga abierto a saber que le diré la Verdad. La mayúscula Verdad Verdadera... y ya está.

Otras listas de Adalberto Pérez

Las emotivas palabras que pronuncia el licenciado político en la enésima conmemoración de lo que sea o quién sabe qué, fueron en realidad escritas por un equipo de jóvenes recién egresados de la universidad, conformando así un histriónico simulacro que culmina en la pantomima formal de una ceremonia fingida donde participantes y asistentes combaten el aburrimiento leyendo repetidas veces la inmensa mampara verde donde cuelgan los recordatorios en inmensas letras blancas para que nadie olvide la fecha, el lugar en donde se reúnen en ese momento y el motivo de la ceremonia en turno.

Las pestañas, uñas, pechos, caderas, cutis, córneas (y el delicado lunar de la nalga derecha), con los que la vedette Kyoto Kawasaki ha triunfado como ejemplo de belleza autóctona y auténtica, son en realidad el muestrario ambulante de una clínica clandestina de cirugía estética que se mantiene gracias a la oferta consuetudinaria de operaciones que garantizan el cambio de sexo.

El jardín botánico Carlos Salinas de Gortari, la glorieta Porfirio Díaz, la estación <u>Polivoces</u> del Sistema de Transporte Colectivo Metro y el premio cinematográfico Viruta y Capulina, simplemente no existen.

Las papas fritas sabor jamón serrano (y otras variedades) no contienen ni jamón serrano ni las otras variedades; son rebanadas de papa bañadas en saborizantes artificiales, tal como los chicles sabor a mango, plátano y demás frutos del bosque. Todo esto lo aprendí de un magnate michoacano cuya fortuna transpira gracias a su fábrica de saborizantes artificiales y no por el lavado de dinero de un grupo delictivo, cuyos miembros dicen ser Caballeros Templarios (sin ser caballeros ni templarios).

El sistema financiero conocido como «tanda» o «pirámide» resulta normalmente en una forma elaborada del fraude; de igual manera, el cálculo exacto de la paridad del peso con respecto a ciertas monedas extranjeras de escasa circulación en México se realiza a ojo de buen cubero.

Los principales partidos políticos desconocen el número exacto de sus afiliados, y muchas de sus acciones dependen de la contratación de encuestas y estadísticas facturadas por empresas de dudosa o desconocida reputación.

El técnico que arregló la computadora del vecino es en realidad un dentista desempleado que sobrevive desde hace tres años gracias a sus habilidades técnicas, basadas en el ensayo y error con el que ha desarmado y armado diversos electrodomésticos a lo largo de su vida adulta.

El antiguo dueño del equipo de futbol de Boca del Río, Veracruz, en realidad prestanombres del entonces tres veces H. Gobernador del estado, desfalcó al equipo con una transa que asciende a más de diez millones de dólares, que en realidad son nada o casi nada al lado del equivalente a cien millones de dólares que ganó con un billete de Navidad de la Lotería Nacional el ya mencionado Sr. Gobernador.

Durante el más reciente concierto de la otrora desconocida diva Lina Juárez, misma que vende miles de discos por semestre se comprobó que realizó una pantomima absolutamente basada en lo que llaman <u>holograma</u>, fingiendo que cantaba ante un auditorio repleto que —incluso con sospechas— no dejó de hacerle coro y aplaudir rabiosamente cada número dizque musical que simuló interpretar.

El abrigo de piel que acostumbra fardar la falsa condesa de Verduguillo, en el baile anual de la empresa de su otrora marido, es en realidad el pellejo de un perro mastín que fue durante muchos años mascota y guardián de la fábrica de chocolates que fundara su abuelo en Iztapalapa.

La edición ampliada y corregida de <u>Vida y muerte de un Templario</u> (ediciones Botitas, 1989) es en realidad pirata, y buena parte de su traducción corresponde en realidad al opúsculo ya caduco «Cómo organizar unas Olimpiadas», del legendario Oliverio Chacón de Rivas, locutor sin licencia.

La mayoría de las corridas celebradas en la Monumental Plaza de Toros «México» durante la pasada gestión de la empresa fueron en realidad y en su mayoría lamentables espectáculos patéticos, donde se torturaron y mataron novillos presentados engañosamente como toros con edad reglamentaria cuyos cuernos afeitados fueron arreglados en los corrales para parecer astas intactas.

La impresionante videoteca del conserje de mi edificio se compone de películas piratas, la mayoría de ellas grabadas en cines de prestigio con la antigua videocámara Beta que dejó olvidada la mudanza de la parejita que se suicidó en el 3-B.

Los cigarros que acostumbra fumar mi tío Romualdo son en realidad picadura de rastrojo de lechuga mezclados con cardamomo, tostados en hornillas y anafres y enrollados en papel de china.

La Policía Federal de Caminos y Puentes capturó al tristemente célebre hacker cibernético conocido como el «Hijo de la Luna», quien resultó haber engañado a cierta porción de la élite xochimilca al presentarse en sociedad como el internacional Rru-Rru Castaño, siendo en realidad miembro de una trasnochada banda de motociclistas —al filo de la tercera edad aunque con chamarras de cuero negro— que solo alteraban la estabilidad de su entorno.

Los mejores tacos del tercer puesto a la derecha, saliendo por la estación Balvanera rumbo a Popotla, son en realidad delicias hirvientes de entraña de perro y el licuado ambulante de fresa que se expende a lo largo de la calzada Zaragoza no lleva leche ni fresas.

La pelea de box por el campeonato de los pesos medios del pasado sábado fue en realidad un tongo descarado donde a todas luces se notaban las caídas previamente pactadas entre ambos combatientes y el posterior anuncio de una revancha, cuya bolsa había sido acordada desde hace ya catorce meses.

La rifa navideña de la oficina donde labora mi prima Raquel desde hace treinta años está amañada, la sidra con la que brindan los protagonistas de la popular telenovela «Valientona» es en realidad jugo de manzana, la tumba del célebre actor e ídolo popular Pedro Infante está vacía y la gran mayoría de las promesas, proyectos, palabras y pensamientos que casi todas las mujeres de mi vida me han murmurado al oído resultaron ser, a la postre, no más que un nebuloso enjambre de mentiras. Alicia es la única mujer que siempre me ha hablado con la verdad. ¿Se fue por creer que yo dudaría de ella?

Caveat lector que no seré ni he sido el único habitante de este planeta que entra en la costumbre de la duda constante, o incluso el falsacionismo crónico, y por ende, quédese como advertencia de una mera observación confesional: así como hay personas, millones de personas, que pueden deambular felizmente por sus biografías con el cómodo soslayo o la intención de desatender los diferentes niveles de falsedades que nos rodean, así también hay quienes aguijoneados al principio por una mera curiosidad simplemente no podemos dejar de detectar —incluso sin enojo ni impulsos de corrección— la urdimbre incesante de la mentira.

No son meras equivocaciones las interpretaciones irresponsables en las que incurre la presentadora de televisión que supuestamente informa sobre el clima en la Ciudad de México y la República Mexicana a las 19.00 horas, diariamente. Se trata de una voluptuosa vedette que muestra apenas veladamente sus increíbles encantos con un propósito nada meteorológico y a la mayoría del auditorio no le importa; basta confirmar la farsa en el hecho —que se repite todos los días— en señalar posibles chubascos en Monterrey señalando —con los glúteos de perfil— la parte inferior del mapa de México, y luego pronosticando huracanes en la zona de Tabasco o Yucatán —con los senos en provocativo empuje al frente— señalando la costa del océano Pacífico.

Por el momento, parece falsa la noticia de que hay una plaga de ratas que parecen liebres en las alcantarillas y marismas producidas por esa nefanda obra conocida como «El Deprimido» de Mixcoac. (Nombre por demás atinado para la desolación y devastación que provocó la construcción de túneles para transportes a lo largo de un antiguo cauce fluvial. Una romántica calzada arbolada, digna de congelarse en beso, quedó ahora embadurnada de cemento para convertirse en cloaca.)

Raya en mentira referirse a los elevadores con ese nombre, pues también sirven para bajar por los edificios.

La cíclica desgracia de los edificios caídos por sismos, temblores o terremotos en la Ciudad de México confirman que no pocos responsables de su construcción falsearon los elementos con los que fueron izados y mintieron flagrantemente para la tramitación de los permisos de construcción, en una escandalosa complicidad con no pocas autoridades.

El límite de velocidad para vehículos en calles y carreteras de ciudades y paisajes de México es absolutamente falso o ilusorio y solo se respeta estando cerca de radares, cámaras intimidatorias o con patrullas a la vista.

Las etiquetas que vienen cosidas en un filo interior de las faldas de ciertas marcas de camisas (supuestamente de popelina importada) que advierten que dichas prendas no precisan planchado, son falsas de toda falsedad.

El bacalao que preparó la mujer del conserje durante las pasadas fiestas navideñas era en realidad aleta de tiburón. De allí la diarrea galopante que contrajeron al menos siete habitantes del edificio.

Más vale que sea mentira la noticia de que el otrora célebre brazo amputado del general Álvaro Obregón (que inexplicable e injustificadamente se exhibía en el monumento que honra al general sonorense en San Ángel) se conserva en un frasco de formol en las oficinas centrales del Partido Revolucionario Institucional (PRI).

La calidad del aire de la Ciudad de México, o bien el nivel insoportable de su contaminación durante los meses llamados de efecto invernadero, se debe indudablemente a una ilusión óptica.

¿Acaso no es patética y vana la vida? [...]
Extendemos la mano e intentamos aferrarnos a ella.
¿Al final, qué nos queda entre las manos?
Una sombra.
Peor que una sombra..., sufrimiento.

SHERLOCK HOLMES
THE RETIRED COLOURMAN (1926)

Andria mostró a Lucio Apuleyo a su ama Panfilia cuando se untaba aceites para convertirse en búho y él, queriéndose untar también la pócima para experimentar el arte, fue por yerro de la bujeta del ungüento, convertido en asno.

LUCIO APULEYO
EL ASNO DE ORO O LA METAMORFOSIS (SIGLO II D.C.)

Segunda parte

Aunque parezca mentira,
quien llega a Madrid,
en realidad vuelve.

Ella lo esperaba en Barajas. Él llegó como quien vuelve, pero del Infierno. Un náufrago arrastrado por encima del Atlántico con la conciencia empapada de una inesperada convicción: sentía haber agotado la obsesión que fue sutil y luego insoportable, y empezó a preparar el regreso a los brazos con Alicia como si la metástasis de la mentira hubiese entrado en remisión. Además, Adalberto venía mascando un chicle de evidente sabor artificial desde que su avión trasatlántico sobrevolara las Islas Azores, y aterrizar en Barajas con la desgastada saliva sabor a sandía provoca inevitablemente una rara sensación de renacimiento.

Por supuesto que Adalberto seguía atento a los pequeños engaños sin importancia, las falsedades como guiños acordados entre la sociedad global y las mentiras que sostienen los grandes arquetipos de la humanidad, pero había escrito a Alicia en diversos correos electrónicos la lenta graduación con la que evolucionó su neurosis. Adalberto Pérez había pasado del hartazgo a la posible comprensión y condescendencia; lo que quería era recibir eso que Alicia llamaba la Verdad Verdadera, la pura Ley con mayúsculas que —según había dicho ella, la que nunca mentía— sería el eslabón inquebrantable de su relación, la solución para volver a juntarlos y terminar de una vez por todas con la separación.

Ella, la maga que lo esperó en Barajas quizá como siempre ha soñado todo soñador y la que rio a carcajadas felices durante el primer abrazo. Así desembocaron en las calles de un Madrid que parecía recién estrenado, una ciudad que empezaba a existir nuevamente en cada tramo que recorrieron. Él seguía señalando —como guía en safari— las mentiras aparentes, ya sin la baba de una ira y ella insistía en murmurar delicadas sentencias como pócimas de asimilación. «Esa mujer lleva peluca», decía Beto y Alicia acotaba: «En realidad, no tienes ni idea de lo que lleva esa mujer sobre sus hombros —y añadía (como si se escuchara un violonchelo que viniera del fondo)—. Si yo te contara».

Ella se había instalado en Madrid, en una buhardilla de ensueño en la calle de Molinos de Viento y durante quién sabe cuántos meses se les hizo costumbre recorrer la calle del Desengaño, vivir Madrid como quien redacta un párrafo de novela en sepia con personajes que parecen inventados, que se te quedan mirando directamente a los ojos como reclamando un pago; o dándole su aprobación a los atuendos ajenos, señoras que fruncen el ceño y vejetes que congelan el intento de una leve sonrisa, viejos macarras trasnochados y solitarios que parpadean como si llevaran arenillas en las pestañas.

Madrid de botitas azules y pelo rojo, el aroma de azafrán y los dulces de violeta, la rebanada más liviana del jamón de pata negra y una barra de chocolate envuelta en una barra de pan. Deambulaban por la calle Cervantes y doblaban en Lope de Vega, en la esquina de León parecía posar para un anuncio un actor vestido de Quevedo, con auténticos quevedos sobre las narices y la greña al vuelo sobre una camisa de gasas; en Huertas pasaron varias veces por el banco donde un moderno Bécquer hilaba los versos más cursis esta noche y escucharon, por ejemplo, un ligerísimo acento colombiano en la llamada esquina de las flores, allí donde caminaban para recitarse *Nerudas* y contemplar personajes de Galdós en desoladas conversaciones con camareros desempleados y bolivianos recién desempacados. Daban rondas por las casas de los poetas muertos y tomaban fotografías de las placas que conmemoran nombres, y pasaron meses en que se propusieron agotar los recorridos de los autobuses y luego navegar durante no pocos días todas las estaciones del metro con la partitura compartida de una conversación que cimentaba su relación ya sin mentiras.

Hay que hacerse a la idea o acostumbrarse al modo madrileño de saludar con «Buenos días» aunque ya ande pardeando la tarde e, incluso, al filo de la noche. Para el mamón mexicano que insista en mirar la hora para verificar si es o no la hora para un «Buenos *días*» habrá la inusitada sorpresa de que en Madrid se voltean a tal grado los horarios que no hay horario para pedir un coñac en barra o cerveza de desayuno. Dando tumbos o confundidos por azarosas razones hay madrileñas que acotan con «Muy buenas» cualquier confusión de horario y está el fantasma del sereno ya jubilado que revisa la hora a toda hora, malabareando un llavero del Atlético de Madrid repujado de llaves extintas.

Por supuesto, toda noche fue ceremonia en honor de la indescriptible anatomía de Adalberto y hubo madrugadas de madrigales con los gritos de Alicia bajando por los ecos del patio interior, allí donde los demás cuelgan la ropa y se pierden los gatos callejeros. El Oso Adalberto sobre las ramas de Alicia Madroño, la perfección sensual de una bailarina española sobre el tronco Tolteca, tótem de virilidad enhiesta, «la polla eterna, tío», decía ella absorta, literalmente impresa sobre la sábana cada madrugada feliz en que se repetía el ritual maravilloso y aeróbico de un centauro injustamente expulsado de un antiguo gimnasio. Allí, sin mentira alguna, en el mar de la transpiración, la anhelada bahía del orgasmo sincronizado, el discreto enjambre de vello, las crestas ilíacas de una estatua viviente que le decía guarradas dulces al oído, y el vagabundo ya con rumbo que se dejaba elevar hacia un mareo indescriptible donde pasaban por debajo de los párpados todas las verdades que había buscado en el pantano de las mentiras.

Edén de buhardilla donde los amantes se diluyen como haces de luz policromada o tenue, pasando por las ventanas abiertas y las claraboyas al infinito de los tejados o al relicario que llamamos «patio interior» desde donde se emite la diaria efervescencia de una sartén con aceite hirviendo, impregnando de oliva toda la ropa lavada que se ha tendido en cuerdas como pentagrama para el secado. Desde el sótano se escucha la voz ronca de tabaco negro que le grita a su taza de café a las 11:45 de todas las mañanas y en un ventanal de un piso superior se prolonga la guerra matrimonial de una tal Puri con Eulogio, separados pero unidos desde 1972. De ese patio interior salen los ecos de los amantes para entrelazarse con la flatulencia sincronizada de la Gorda de la quinta planta y la tos con flemas de Don Evaristo Quintanilla, olvidado por su familia desde hace un lustro aunque el perrito que lo acompaña ladra zarzuelas repentinas.

Amanece Madrid para quien cree haber dejado atrás el fango. Adalberto creía abierta la compuerta de un paisaje inmaculado, pero pronto descubrió que en todas partes se cuecen habas. Atrás y casi en el olvido, México con los miles de muertos por las guerras necias del narcotráfico, las complicidades del crimen organizado con las organizaciones políticas o las cofradías benéficas o los clubes de alcurnia. Pero en la piel de toro de la geografía de España empezó también a leer los enjambres de otras tramas, las corruptelas priístas en partidos peninsulares, la mordida con otros nombres, la corrupción compartida y global, las otras redes del organizado crimen y otras vías del tráfico-narco.

Beto digería la red de plagios y las nuevas mentiras con las jaculatorias terapéuticas que le murmuraba Alicia. Ella había preparado minuciosamente los periplos por las viejas cafeterías de barrio, las barras como barcos estrechos donde el trabajo incansable y ejemplar parece obviar toda forma del abuso o falsedad, y lo llevó por los viejos cafés y tabernas, las terrazas tradicionales y las casas de comida, las aceras de los bulevares y las bancas del parque que es pulmón para escuchar de reojo y mirar de oído las conversaciones de quienes hablan a solas, las locuras inofensivas de los que bucean en los basureros y los que fuman colillas sueltas como si vinieran llegando de la Batalla del Ebro.

Caminaban la España en blanco y negro con todos los colores de los trenes de alta velocidad en rutas que se había propuesto Alicia desde que llegó de México: tres horas a Sevilla para una estancia de tres días donde los dos se desdoblaban en un tercer personaje que compartía sus personalidades. En el Parque María Luisa le confesó que hubo un tiempo andaluz en su biografía amorosa y en los callejones encalados; Adalberto contó de sus amores burocráticos y de la carrera olímpica de su miembro descomunal. Alargando la madrugada a la vera del Guadalquivir volvieron a Granada en un escape que ahora se programa por internet, hasta que cerraran las puertas de La Alhambra, y se reían sin razón al salir del silencio de la tumba monumental de unos reyes aparentemente dormidos sobre un lecho de mármol.

Visitaron mil veces El Escorial en tren y andando por los alrededores y se abrazaban al frío y se ventilaban en calores y echaron de menos lo que antes se llamaba primavera y evocaron en más de un octubre lo que antaño se conocía como el otoño y se maravillaron de la navegación sin problema aparente de una comunión anunciada, dos que son uno, sin mentira alguna.

Burgos de ramas entrelazadas y un caudal donde ahogaron ambos la sombra de un caudillo. Segovia y el viento frío bajo un sol quemante, partido por el medio con un plato que se rompe en la conversación para ver si alguno de los dos encuentra la piedra inmensa que le falta al acueducto de todos los arcos. Salamanca de picos pardos y en capilla, tallada la rana en la frente barroca de un santuario con bancas para letrados anónimos, allí donde triunfa la vida misma cada vez que repta el eco de un tuerto que celebraba la muerte. Ávila amurallada en atardecer erótico para envidia de las monjas de clausura que amasan dulces de almendra y el paisaje que se extiende como alfombra ocre, colcha de parches, cerros morados y azules moteados por ciervos catatónicos que se acercan a las fuentes de una granja imperial donde se tejen tapices con la luz y se cuece la cerámica ceremonial.

Ella le insistió en frecuentar Toledo como quien se asigna un posgrado sin palabras, y recorrer laberintos empedrados donde un árabe recita de memoria la locura de un lector anónimo, los molinos a lo lejos, la inmensa iglesia de una sola torre y la pendiente por donde desfila puntual un muñeco de madera al que le dan cuerda los panaderos que colaboran con los conventos del mazapán y el olor de cochinillos fritos y la senda de un río que se vuelve mar en Portugal y fueron varias veces durante meses a las orillas de Toledo como si tomaran lista en las cercanías del Alcázar para dispararle a los muros o sentarse a la sombra de la sinagoga y fingir que se entendían en arameo.

Juntos anduvieron la ruta del Quijote y las cuevas de Montesinos, las casas colgantes y los puentes en desuso, los bares de carretera y la silueta cornúpeta del tópico en medio de un páramo de hélices y placas solares que parecen paisaje extraterrestre digno de confundir al caballero andante que ha renegado ya de toda duda a la sombra de la belleza de la sin par Dulcinea, que le insiste repetidas veces que todo es nada hasta bañarse juntos en el Mediterráneo o recorrer las ramblas del relicario de las esquinas ochavadas, besarse sin tiempo en el chaflán donde hace esquina una calle que parece parisina quizá porque allá tampoco se habla con eñe.

Alicia insistía en que viajaran a Barcelona como si fuera abonada del AVE y Adalberto no entendió los motivos hasta que vivió el recorrido que fue bordeando con sus noches de amasiatos intensos un amanecer en Zaragoza y el atardecer que se proyecta en Lleida sobre la fachada de un vetusto castillo que parece paquidermo dormido sobre la ciudad al filo de los llanos que serpentean el mapa invisible de los pequeños pueblos de pan humeante, aulas de piedra y lodo.

Barcelona de taxis negros y el afán empedernido de los que insisten en desconocer la lengua castellana o el idioma español por el solo hecho de que es tan español como las corridas de toros que se prohibieron para no prohibir las fiestas en el Ampurdán, donde torturan a los mismos *bous* con fuego en los cuernos y siete lanzas en el costado. Siete viajes a lo largo de más de siete meses para volver a Barcelona con la intención de descifrar la inmensa iglesia que el mundo entero visita, no para rezarle sino mirarla y recorrer las curvas de un parque, y subir el cerro donde el Diablo en persona ofreció el mundo entero al holograma de un carpintero en plena tentación de los sentidos, como quien se pierde de tasca en tasca por los callejones ya muy atestados del antiguo barrio chino de las inmundicias, y caminar sobre la playa descalzos donde dicen que hubo un torneo medieval donde chocaron de frente los jamelgos disfrazados de la Luna y la Media Luna sobre el yelmo de un Mambrino derrotado. Barcelona para que las diagonales que le cruzaban el alma a Adalberto se vieran de pronto perfectamente cuadriculadas en calles rematadas como tablero de ajedrez en cada párrafo que le confiaba Alicia como antídoto y alivio a la pesadilla ya superada que los había separado en México.

—Esa que ves allí, que parece la esposa de Ceucescou —dijo Alicia por la calle del Vico—, es la madre de varios dragones. Impune y siniestra, ratera sin mentira alguna. Ese otro se cree Ringo... es un mentiroso de los que te incendiaban el ánimo, y el Gordo ni te digo. Aquí verás a no pocos libertarios que en realidad son fascistas, plurales excluyentes, pijos recalcitrantes que quieren aliarse con anarquistas del *piercing* y el buen rollito. Aquí verás que muchos quieren romper fronteras levantando muros...

—Como el Muro de Trump —dijo Beto, peligrosamente recordando su obsesión desatada en México.

—Lo cual es mentira, aunque llegue a ser verdad, cariño —dijo Alicia con esa nueva voz de tranquilidad terapéutica con la que llevaba de la mano a Adalberto desde que se habían reencontrado en Madrid.

Madrid también tenía sus retahílas: señalándole a los progres que se engañan con el ron venezolano que sabe a petróleo, los pilaristas de alto *standing*, los periodistas que se callan, las damas que bailan sevillanas a espaldas de sus maridos, los empresarios que nunca abrazan a sus empleados, los insomnes de la ignorancia infinita, las cotillas constantes, las marujas incansables, los jugones empedernidos, los manolos y toñitos, los señoritos de la herencia, los callados currantes, las monjas trasnochadas, las enfermeras perezosas, los médicos de guardia, la farmacéutica improvisada, el cortador profesional de jamón y el maestro de tai-chi, la familia china de diecisiete miembros que alquilan una habitación para todos juntos en Alcobendas, la tertulia del dominó en Aluche, las pequeñas boutiques del barrio de Salamanca, la papelería intemporal de Chamberí, la librería más antigua de Madrid con dos violetas sobre el mostrador y un novelista que habla a solas entre los estantes de todos los autores ya muertos, las putas de Montera, los japoneses en fila, la cofradía de los conciertos sinfónicos, la banda adolescente del Burger en la madrugada, el único lustrabotas de la Gran Vía, el Café de Chinitas y los boquerones en vinagre que se sientan en la Plaza de Oriente para mirar al caballito que equilibró Galileo y caminar por Bailén hasta que se ponga el sol exactamente en el dintel del Templo de Debod, al filo del parque que parece bajar hacia el mar que se extiende hasta que la vista imagina que allá lejos quedó América. México en otra orilla.

Con la muerte de su madre, Alicia había heredado la buhardilla de Molinos de Viento donde Beto y ella fincaron el hogar de lo que llamaban su renovación. Con no pocos fondos que sobraron de la herencia, ella había programado los viajes por España, los paseos por Madrid, las conversaciones empiernadas, las madrugadas en silencio, las miradas de todos los días y, poco a poco, mi Beto se fue sintiendo aliviado del afán de las mentiras que seguía anotando religiosamente en sus libretas, y poco a poco sabía que todo el apostolado turístico y verbal de Alicia, siempre ajena a toda falsedad, se encaminaba a una revelación. Para efectos de su trama —o constancia tipográfica— parecería que *el conflicto* de Adalberto Pérez con su acendrada obsesión por las mentiras se había disuelto o resuelto a los pocos meses de digerir España y comerse Madrid a puños, pero no desdeñemos el enigma latente o bien, la duda razonada de que Alicia le prepara para algo que le reserva como Verdad con mayúsculas. Además, la vida misma se encarga de hilar senderos invisibles e impredecibles que alientan una leve tensión dramática al incierto amanecer de pasado mañana o a la lejana insinuación de dónde andaremos exactamente dentro de siete años.

Ella misma se lo decía de vez en cuando: «Mira que te lo tengo dicho», y Beto se dejaba querer con la promesa: «que te vas a enterar por tu bien y para felicidad de ambos», y Beto se dejaba querer con la intriga: «Mira que ya te diré, que digo y a lo que vamos», y Beto se dejaba querer con esa coquetería de zarzuelita de «¿Por un casual es usted la tía de MariPepa?», y Beto se dejaba querer con esa gracia, luego de madrileñísima pausa: «Por un casual y porque soy la hermana de su madre».

Él redefinió su escepticismo abrazando la sosegada expectación de los asombros hilados, las pequeñas epifanías quizá sin importancia que alivian el tedio de todos los días y marcan el habla de Madrid y España entera. Esa gracia del piropo ya extinto, la greguería instantánea en los

Ramones reencarnados de las nuevas generaciones. El ligero chasquido de los dientes para decir «no» y el leve silbido que significa «*sí*»; el habla de las manos, los brazos que enfatizan parlamentos, el lugar común para justificar una brevísima conversación, la señalización de lo obvio o la repetición de lo que acaba de decir el otro para que parezca un ejercicio de retórica, las confirmaciones absurdas, los pensamientos en voz alta y la mujer que se confunde de autobús una vez que ha abordado el que viaja en sentido contrario a su ruta, el hombre que pregunta por la estación del metro en la boca del metro que anda buscando, el automovilista que gira a la derecha desde el carril central de una vía sin importarle si hay o no coches, motocicletas o bicicletas en los carriles que lo separan de la esquina, los paseantes que respetan religiosamente el paso de cebra y miran con recelo la cara del conductor que se quedó al filo de las rayas, el peinado intacto de la señora intemporal que vende lotería sin importarle la fecha del sorteo, la nueva oleada de ciclistas que llevan cajas de comida a los pisos de los madrileños que ya no salen para no interrumpir los torneos interminables de sus pantallas planas, el cíclico tsunami de las motocicletas, la mayoría silenciada desde tiempos de Tierno Galván, y los lugares azules y los espacios verdes para el aparcamiento de diminutos cochecitos donde no caben los obesos tradicionales o la delgadez extrema de las musas que caminan cabellera al vuelo con *la falda almidoná y los nardos apoyaos en la cadera*, y los resucitados en Chicote, los nuevos arcángeles de las azoteas con luces de neón para comprobar que *ancha es Castilla*, y el Cristo de la melena milagrosa, vestido de morado y la iglesia con pantallas de televisión y máquina de tabacos, las colas de indigentes para la sopa de beneficencia al lado de los cines que proyectan pelis con letritas de subtítulos y el ancho paisaje más allá de los arcos y la muralla ya invisible y las puertas agujereadas durante todas las guerras pasadas en el laberinto de Malasaña donde corren ríos de todos los líquidos posibles sobre los adoquines que alfombran el entramado de todas las tejas que parecen un mar al pie de la Telefónica y el ojo blanco de un tuerto que se le queda mirando a Beto como si lo reconociera de una vieja película sin subtítulos, doblada por voces de actores muertos hace ya muchos años, proyectada sobre las sábanas blancas que vuelan en una azotea desde donde se escuchan coplas cutres de una chulería que ahora se niega en público y de vez en cuando, Alicia de tablao y *no le digas a nadie cómo mola el flamenco que ya no va, que te lo digo yo, que mira cómo canta el jodío y hay un sitio donde baila una gorda descalza que te cagas y no vayas más para allá que se llena de guiris*, y entonces, fijar peregrinajes quincenales a los sótanos donde un contrabajo al hilo del piano y percusiones insisten en pintarle la cara de jazz que tiene Madrid a pesar de que hayan cerrado los viejos templos, y ese saxofón en la niebla que sale de los que fuman en la puerta y el olor del *chocolate* hierba y el silencio instantáneo entre seis cuerdas y los gritos, los gritos que se escuchan desde el alba de mujeres que parece que van por agua a los pozos y las que rodean las fuentes y los que tienen que informarle a todo el vecindario que escuche todo comentario personal y el que va hablando a solas y los que hablan por el audífono de sus telefonitos y las modernas legiones de los que caminan con cascos que son audífonos como futbolistas que bajan del autobús al llegar a los estadios y los estadios alfombrados de cáscaras de pipas y las bufandas de equipos inmortales y el raído cartel de una corrida de toros en la era de la inocencia conjugada con ignorancias y las dudas sobre el horario y la afirmación al vacío y la confirmación de la nada y el miedo a lo desconocido.

Libreta de Madrid

La fotografía con la que anuncian los Huevos Rotos en la mayoría de las cafeterías madrileñas confunde a los turistas mexicanos, obsesionados con sus testículos. Es de sabios saber que el platillo es nada menos que el conocido como «duelos y quebrantos» en el primer párrafo del Quijote de Cervantes.

Una observación desde el actual Ayuntamiento de Madrid, antiguo Palacio de Correos, permite corroborar que el conjunto escultórico de la Fuente de la Cibeles en Madrid es más blanco que el de su réplica, ubicado en la colonia Condesa de la Ciudad de México. (Desconozco si hubo una intención de honrar la piel morena de la mayoría de los mexicanos en la traducción escultórica.)

He descubierto una facilidad ¿innata? para ver claramente las caras de ancianos que tendrán al paso de los años los infantes, bebés en carriola y niñitas con trenzas.

La amable señora del quiosco donde me guardan religiosamente el periódico El País y una dotación semanal de golosinas varias lleva —según dice Alicia— 77 años al frente del expendio. Tanto ella como su marido que la acompaña no han envejecido y los honra jamás haber sido informantes de policía secreta alguna.

Dicen que la calle de Jacometrezo, en realidad honra la memoria de Jácome o Giacomo de Trezzo, orfebre italiano que perdió su verdadero nombre en la posteridad por eso que podríamos llamar el ai'seva de España (tan mexicanísimo en su esencia) que tiene que ver con el recurrente ¿qué más da? (oído en incontables conversaciones madrileñas). Del mismo sabor es el hecho de que «Mambrú se fue a la guerra» es una alusión al Duque de Marlboro (nada relacionado con la marca de cigarrillos… qué dolor-qué dolor-qué pena).

Ya no se riegan de madrugada la totalidad de las calles de Madrid. (Solo las arterias principales.)

Sigue siendo potable y sabrosa el agua de Madrid.

Hay noches aleatorias en que doy paseos repentinos rumbo a Lavapiés y creo tener registradas siete sombras fijas en muros y cortinajes de hierro.

He hecho amistad con Jerónimo Majano, natural de Getafe, que padece una sutil propensión al enfurecimiento inofensivo. Se molesta con los estornudos sin pañuelo, la tos sin cubrirse la boca, las conversaciones en móviles que se realizan en voz alta y en diversos idiomas en autobuses y en vagones del metro de Madrid. Hay días en que sincronizo cierto contagio (posible reminiscencia de mi obsesión por la mentira, en proceso de superación total).

Más vale que sea mentira la noticia que afirma que hay una anciana en Albacete que conserva en un vaso el ojo del nefando chacal legionario, José Millán Astray y Terreros, cuya necrofilia enfermiza lo hizo gritarle al rector Miguel de Unamuno —en pleno Paraninfo de la Universidad de Salamanca— el imperdonable grito de «¡Viva la Muerte! ¡Muera la inteligencia!».

No todo mundo hace siesta en España.

Casi todo producto a la venta (particularmente en pequeños comercios: papelerías, carnicerías y pescaderías de barrio, etc.) se envuelve en papel como si fuese un regalo.

El vestido de luces con el que murió Manuel Rodríguez «Manolete» en Linares se conserva manchado de sangre en el Museo Taurino de la Monumental Plaza de Toros de Las Ventas. Aunque ahora, por pátina, parece gris o plomo, se sabe que fue rosa con bordados en oro.

Hay constancia de que los premios gastronómicos que se concedieron a un chef de Murcia fueron amañados por los jueces que resultaron ser familiares del galardonado.

El Alcázar de Toledo está totalmente reconstruido y la antigua exhibición donde seis teléfonos reproducían en seis diferentes idiomas la última conversación entre el general Moscardó y su hijo, a punto de ser fusilado, se debía a grabaciones apócrifas.

Es falso que el Real Monasterio de El Escorial sea una metáfora arquitectónica de la parrilla invertida donde fuera martirizado San Lorenzo; en realidad, es la recreación —piedra por piedra— del Templo de Salomón en Jerusalén. Además, está encima de la Boca del Infierno.

Las sesiones semanales de escritura creativa en la Escuela Fuentetaja han abierto las alas de mi imaginación y las compuertas de mi entendimiento; y Alicia se ha convertido en guionista de altos vuelos. Habrá por lo menos una novela y no pocas películas como cosecha de esta renovada vocación profesional de ambos.

El Jardín Botánico de la vieja estación de Atocha es un añadido moderno sobre las antiguas vías.

Al parecer es mentira que en noches de luna llena se vea por las madrugadas del viejo Madrid de los Austrias la figura intemporal del último sereno. Sin embargo, alcoholizados turistas y vecinos de la zona en sus cinco sentidos aseguran que se escucha de vez en cuando —con o sin luna llena— el inconfundible tintineo de unas llaves.

Las <u>Majas</u> —desnuda y vestida— pintadas por don Francisco de Goya y Lucientes no son del mismo tamaño; el cuadro célebre de Las Meninas no se llama así; El Jardín de las Delicias del Bosco, tampoco.

Madrid y España en general son quizá los lugares donde más estorba la gente: a la mitad de las aceras, al filo de las escaleras eléctricas, en el umbral de los ascensores, en medio de todo pasillo, una inmensa mayoría —de todas las edades y estratos sociales— se detiene en babia y estorba y punto.

El arroz ciego es también conocido como <u>señoret</u> y se caracteriza por traer ya pelado todo marisco y tropezón mezclado en su deliciosa cocción.

La supuesta declaración de independencia que presume entre sus amigos el hijo del taxista que me lleva de vez en cuando al cementerio de La Almudena es una bravata irracional en tanto no implica abandonar la habitación que tiene en el piso que alquila su padre, donde además vive la familia, ni tampoco abandonar el presupuesto familiar.

Los boquerones no son anchoas, ¿o sí?

Miguel de Cervantes Saavedra aparece retratado entre los caballeros que asisten al óleo del <u>Entierro del Conde de Orgaz</u> pintado por El Greco en Toledo. Allí también, el hijito del pintor aparece retratado de tres cuartos, perfil.

El camino que conduce a la localidad de Pérez (lugar de donde salió mi apellido) es el Paraíso.

En Covarrubias (apellido de Alicia) está enterrada en la magnífica Colegiata una princesa noruega y, a pocos kilómetros de allí, Alicia y yo vivimos casi milimétricamente la trama de <u>El nombre de la rosa</u> de Umberto Eco en el Monasterio Benedictino de Santo Domingo de Silos.

Hay quien afirma que las estatuas que custodian la Biblioteca Nacional en Paseo de Recoletos se mueven de lugar sin que nadie se dé cuenta.

Sin razón aparente, casi todos los conductores de autobús acostumbran hacer la parada uno o dos metros adelante del filo de las casetas donde hacen fila los usuarios.

El metro de Madrid circula en sentido inverso al metro anaranjado de la Ciudad de México; uno ha de advertir hacia dónde dirigir la mirada con la llegada de los vagones, tal como en las aceras de Londres. ** Lo que en Londres se resume con «Mind the Void», se traduce aquí como «Atención. Estación en Curva: al salir, tengan cuidado para no introducir el pie entre coche y andén».

No todas las farmacias son de guardia.

Las antiguas cabinas telefónicas han sido despojadas de sus aparatos con todo y auriculares. Ya no se acostumbra amarrar pañuelos blancos en los balcones de las viejas casas madrileñas para indicar que hay habitaciones en alquiler.

Existe aún una generalizada propensión a calcular precios en pesetas; por lo general, el menú diario en cualquier casa de comidas incluye pan, vino y postre.

La gaseosa es un líquido esencialmente ligado a la cultura española, no solo por las legiones de infantes que bebieron vino o cerveza rebajados con sus burbujas, sino por salir mencionada en más de un momento célebre de zarzuela. Aunque hay diversas marcas de gaseosa, casi todo peninsular la pide como <u>Casera</u> precisamente por la popularidad de la marca La Casera.

Alfredo Di Stéfano, conocido como La Saeta Rubia, hizo un monumento al balón de futbol en el jardín de su casa con la inscripción «Gracias, vieja».

Julio Camba, escritor alucinante, vivió en el Hotel Palace y creo haberlo visto cruzar el vestíbulo circular en dos ocasiones (aunque consta que murió en 1962).

Mentira vil la que afirma que el matador de toros Emilio Muñoz fue el verdadero amor en la vida de la cantante Madonna.

Ha tiempo que no es costumbre en España pedir las cosas «por favor» y las propinas se rigen por motivos totalmente diferentes a los establecidos en México.

Desconozco el paradero del Teniente Coronel Antonio Tejero y si hay constancia de que fuera interpelado en la vía pública una vez que salió de la cárcel.

El árbol más viejo de Madrid es un inmenso ahuehuete traído de México hace siglos que sigue vivo en el Parque del Retiro; la calle que atraviesa ese mismo parque hacia las rejas que dan a la Puerta de Alcalá se llama Paseo de México y antiguamente permitía el flujo de transportes.

Es falso que los restaurantes de comida china de Madrid extraigan del estanque del Parque del Retiro los pescados que ofrecen sus menús.

La verdad sospechosa

Juan Ruiz de Alarcón nació en Taxco, Guerrero, en el año '81. Es decir: 1581, por lo que no es del todo preciso llamarle mexicano, sino novohispano. Por mi apego a la verdad, consta que Alarcón es novohispano y que honra su memoria ser considerado uno de los grandes escritores del llamado Siglo de Oro en España y sin embargo, Alicia me lo presentó el pasado 4 de agosto.

Repito lo dicho, con mayor detalle y sin mentira alguna: Alicia me presentó con Juan Ruiz de Alarcón el pasado 4 de agosto del año en curso, siglo XXI, en el café del Círculo de Bellas Artes de esta Villa y Corte del Oso y el Madroño conocida ya popularmente como Madrid. Habíamos desayunado en la buhardilla, desnudos como siempre, con la claraboya abierta para aliviar el sopor de un verano que se prolongaba más allá de los falsos pronósticos de los climatólogos. Al terminar de vestirse, Alicia me dijo que había quedado para vernos con un amigo de verdad, un escritor de altos vuelos, *mejicano* (pronunciando la jota que ha tiempo borró la equis que llevamos en la frente los mexicanos), y que le interesaba que lo conociera porque lo había conocido en Acapulco en uno de sus viajes de arqueóloga enloquecida, antes de haberme conocido a las afueras del bar La ópera. Me reí. Lo tomé como broma. Fuimos.

El Alarcón de hoy en día se parece ligeramente a un retrato que cuelga en la iglesia de Santa Prisca en Taxco, que conozco bien por haber participado en la edición de un libro sobre esa iglesia cuando levanté de los escombros el vacío burocrático desde mi puesto de ExSubdirector de Publicaciones Periódicas de la antigua Subsecretaría Editorial (ahora Subsecretaría Editorial, mismo nombre, diferente ánimo) de la Secretaría de Cultura sin Educación.

Lo saludé con una sonrisa. Lo tomé como una broma. *Namesake* llaman en inglés a los tocayos, a las personas que llevan el mismo nombre que otro y para mí, este Alarcón era Otro, no el escritor del siglo XVI, dramaturgo para más señas, de quien también edité algunas obrillas en la dicha Subsecretaría, antigua Subsecretaría.

Me tomé todo el numerito como una broma de Alicia, la que nunca miente, y sin embargo era capaz de convertirse en actriz de circunstancia y al menos en ese momento parecía poner en escena —sobre la mesita del Círculo de Bellas Artes de la calle de Alcalá— un diálogo que —aunque a todas luces ensayado— parecía improvisación teatral, pequeña obrita concertada con su amigo Alarcón. Nos reímos. Hubo muchas evocaciones de México. Hablaron de cuando se habían conocido en Acapulco y luego, inevitablemente, hablamos del desahucio y el horror que inunda a México desde hace tiempo.

En Guerrero nació el túnel del abismo. La verdadera boca del Infierno, quizá conectada subterránea y suboceánicamente con El Escorial. La noche para amanecer de un 27 de septiembre desaparecen a 43 estudiantes normalistas, futuros maestros, no pocos ardientemente politizados, cada uno con su biografía por delante, y de pronto se desquicia el flujo de las mentiras y se desmadra la fila de las verdades, el estado de Guerrero y los campos anchos sembrados de amapola, el mercado mundial del opio, la demanda incesante de la heroína, las redes del crimen organizado, los enredos de un cacique y su esposa como sacada de *El rey Lear*, la desaparición de los muertos, las fosas clandestinas, los tiraderos de basura, el presidente que huye a China, la casona de su esposa de los siete millones de dólares, las mentiras oficiales, la que llaman versión histórica, la verdad sospechosa… Mi conversación con el actual

Alarcón florecía sobre el árido jardín de compartir con un paisano —legendario o no— los dolores por México y el remanente inevitable de la detección o ponderación de la Mentira con mayúscula. Con Alicia en medio de ambos parecían entrelazarse años enteros de saliva compartida, ánimos compartidos de nostalgia transterrada, por lo menos dos de los muchos Méxicos vistos desde Madrid en la dolorosa trama como gasa de ya no saber confiadamente qué pasa de veras, quién dicta el guion del horror y quiénes —al final de cuentas— son los verdaderos muertos.

La verdad sospechosa, obra de Juan Ruiz de Alarcón que se estrenó en un corral de comedias en 1624, dedicada al rey Felipe, un triunfo de un divertimento nada moralino, aunque habla precisamente del castigo que le espera a todo mentiroso, escrita por Alarcón, un jorobado novohispano, descendiente de un judío y de un cura católico que al revés de hacer la América vino a España a hacer Madrid contra viento y marea, a contrapelo de los insultos y bromas que le espetaban en su cara Lope de Vega, Luis de Góngora y Francisco de Quevedo, el mismo Alarcón que conoció en Sevilla a Miguel de Cervantes Saavedra, idéntico, clonado o disfrazado como tal que me mira sobre la mesilla del Café de Bellas Artes, y luego propone que vayamos andando, que demos un paseo por el Barrio de las Letras, que dice que le llama la atención que se llame así lo que él siempre mentó como Mentideros, y que parece que me mareo, y Alicia mantiene un diálogo cronométricamente sincronizado con este Alarcón que se queda callado frente a la casa que es ahora museo de Lope de Vega, y baja la vista, como si fuera un rezo, ante el vergonzoso estado en el que desapareció la que fuera casa de Cervantes, de donde lo sacaron en andas vestido de fraile franciscano para el único recorrido que tuvo en hombros el antiguo esclavo de Argel, hacia el convento de las Trinitarias.

Desde la esquina donde vivía Quevedo hasta la entrada de la Real Academia de la Historia en la calle Huertas esquina con León, Alicia y el Alarcón me van mareando con su diálogo, la puesta en escena de una broma para que me entere de los tres actos que conforman *La verdad sospechosa*, del mexicano jorobado que camina al lado de nosotros sin vestuario de época, con ropa de El Corte Inglés, de ayer mismo o de hace meses que lleva ensayando con Alicia la historia verbalizada del mentiroso Don García y sus enredos ante las bellas Lucrecia y Jacinta, los enredos y los embustes, la vida de Alarcón en Salamanca, la aristocracia de siempre, las tablas del teatro, el autor de la verdad que demuestra que *Las paredes oyen*, el mismo que me mira sonriente al entregarme un ejemplar mecanografiado de *El semejante a sí mismo*.

Así que el amigo de Alicia que viene siendo el inmortal dramaturgo personificado desde que se conocieron en Acapulco con la finalidad de quizá convencerme a participar en una puesta en escena, o ensayar en la buhardilla con otros amigos actores una nueva producción de *La verdad sospechosa* que quizá podría filmarse, y que mi vida se encamine a la cinematografía o la escritura de guiones o al intento de novelas donde liquide de una vez por todas mis enredos con la Mentira Mayúscula, la que me inundó los sesos hasta enfermarme y ponderar incluso la sospechosa verdad que me tiene aquí en Madrid, atado a Alicia por placer y convencido, y la miro que se ríe y que se despide del Alarcón de ahora y quedamos para la semana que viene y el tío se voltea sobre la joroba y me lanza un guiño que me deja girando y le pido a Alicia que tomemos algo, que no puede ser que sean las cinco de la tarde, las cinco en punto de la tarde, si habíamos llegado al Círculo de Bellas Artes antes del mediodía, que no puede ser que se alargara tanto la caminata y que no entiendo nada y que quiero que me digas de qué se trata esta sorpresa, que me da miedo, amor, de veras, dime en qué andas, ¿quién es este individuo?, ¿de qué va esta farsa?

Todo es mentira, menos tú

Alicia Covarrubias era —en realidad y siempre había sido— una mujer de constantes sorpresas. Su verdad, sus verdades, siempre apegada a la Verdad que mencionaba con mayúscula, pero no ajena a la sorpresa, al detalle o comentario imprevisto que nada tiene de mentira.

Adalberto lo supo desde la primera conversación y si se mareó con el paseo teatralizado con Alarcón, amigo verificable de Alicia y no holograma impalpable, fue quizá porque durante los años del vértigo en que duró la obsesión contra mentiras que provocó la separación de Alicia, Adalberto dejó de considerarla como la inesperada, la imprevisible, la maravillosa encarnación de lo que siempre había soñado; la maga, mujer, musa, milagro... la de siempre, la de la conversación constante, la escucha ininterrumpida, la que mira, la mirada misma. La Alicia que tenía preparado el misterioso itinerario de un reencuentro con viajes cortos por toda España, con frases previamente pensadas y ponderadas como parsimoniosa devolución a la tranquilidad, lejos ya de la compulsión y la bilis ante las mentiras.

Alicia Covarrubias, silueta recortada ante el telón amarillento y lila de un atardecer quién sabe dónde, con el sol naranja como una inmensa mancha en un lienzo grande del Museo del Prado. Las visitas semanales de todos los martes para hablar a solas con los cuadros, los mismos cuadros cada semana en un recorrido acordado en pareja para jugar a los espejos. La cara de los turistas ante la mirada de los retratados, los muertos al óleo enmarcados para solaz de los vivos que desfilan ante ellos como procesión que hay que cumplir antes de su propia muerte que quizá no quede plasmada en telas o, como dijo Alicia un martes: «¿No parecen más bien muertos todos estos que se quedan absortos ante las pinturas que cada semana venimos a ver? ¿A que sí? Mira, Beto: cómo parecen zombis esos niños del cole que obligaron a copiar cada tarjeta de cada cuadro, y dime si no parece fantasma de otro tiempo la señora que se ha quedado sentada allí en el banco, que lleva horas mirando el mismo paisaje».

El martes en que Alicia le dijo con fundamento el argumento de que «los grandes pintores del Prado y demás museos en realidad no han muerto, ¿no crees? Mira, cariño, cómo se alarga la vida de todo pincel, toda pincelada de vida que alarga la biografía de los pintores que parece que pintan de madrugada lo que vemos a lo largo del día y luego, todo esto se queda en blanco, lienzos vacíos sin marco para que vuelvan a pintarlos los pintores que quizá se disfracen de turistas o mecenas, restauradores o críticos, catedráticos o guías de turistas para pasear por sus propias obras, escuchar las voces calladas de los que opinan sobre lo que vieron, lo que ven, lo que vuelven a ver cada madrugada».

Alicia Covarrubias capaz de sorprender incluso a su pareja con una ensalada insólita o un *ossobuco* sin aviso, la que prepara un dulce de mango inesperado en plena buhardilla de Madrid y la mujer de orgasmos donde eyaculaba agua para empaparle el vientre y dejar la sábana sudada, ese Santo Sudario de ambos y Alicia, la de la sorpresiva insinuación de sus nalgas estando profundamente dormida y la de los senos perfectos, sin mentira alguna de cirugías estéticas, a la vista de cada amanecer y desayuno bajo la claraboya inclinada por donde las estrellas también miraban su cuerpo extendido.

Alicia de peinado cambiante como en la fotografía inexplicablemente sepia donde parece doncella decimonónica de novelita de Pérez Galdós y el pequeño óleo en broma que le pintó una amiga de México con la uniceja de Frida Kahlo y un perico sobre el hombro. Alicia de inteligencia intacta, de impresionante memoria, de apasionada vocación por todo lo que hablan las piedras, la arqueóloga que lee glifos y caras y códices y consignas; Alicia, capaz de escribirse con H para hipnotizar al incauto, la Emperatriz de Lavapiés, la dama del perrito, la letra escarlata, la de Troya y también la partitura inconclusa de una sinfonía hipnótica. Alicia llena de sorpresas que día con día le hablaba al oído a Adalberto Pérez como quien susurra un mantra, una pegajosa melodía que te aleja ya para siempre de esa enferma obsesión por señalar sin descanso todas las mentiras que crees ser el único en detectar como si poseyeras la única Verdad, reveladora de todos los males.

Alicia había preparado desde el día en que volvió a España la posibilidad de volver con Adalberto (no solo por la razón anatómica de su miembro descomunal) y había guardado una discreción funcional, una suerte de prudencia rigurosamente ponderada: no había informado ni realizado mayores aspavientos cuando falleció su madre; no había dicho nada de la herencia ni de la compra de la buhardilla en la calle de Molinos de Viento ni de las inversiones bancarias que alcanzaban para una ordeña alargada por años y para ambos, ni de las raras amistades, dramaturgos, actores, productores, saltimbanquis, actrices, ventrílocuos o malabaristas. Jamás había mencionado la planificación de los viajes a Sevilla, la vuelta a Granada, las visitas a Barcelona, el ritual de Toledo, las continuas escapadas a Segovia, las noches en Burgos, la estancia en un monasterio cerca del pueblo de su apellido, las recetas de los platillos alucinantes, el camino de los postres, la cantidad de ropa, los variados zapatos, la impecable tersura de toda su piel, la perfección de los pies, el nulo paso del tiempo, la cantidad de libros, colección de estilográficas, las joyas de la corona familiar.

Alicia Covarrubias le consiguió a Adalberto Pérez un puesto con ingresos dignos en el Museo de Arte Reina Sofía. Alicia también le tramitó una cuenta abierta en la entrañable librería Rafael Alberti, donde Beto pasaba cada sábado que podía en el renacido afán por abultar los estantes de la buhardilla con libros, libelos y libracos, y Alicia le apalabró también los menús diarios para cualquier día en cafeterías y restaurantes de viejo salero madrileño, cafeterías de camareros en cofradía y por lo menos, una comida para comer como los ángeles en una tahona entrañable de la calle Blasco de Garay, esquina con Rodríguez San Pedro y apalabró visitas a lugares insólitos: la sorpresa de amarse hasta el amanecer en la habitación que se esconde tras el inmenso anuncio de *Schweppes* en Gran Vía, tomar el sol en la azotea de la Casa del Libro o pasear por el Parque del Capricho de noche y tomar el té en la casita del Príncipe en un rincón del Parque del Retiro o aprender a bailar el vals en un palacio escondido entre follaje espeso en algún rincón de la calle de la Princesa, o participar en un torneo de billar en los desconocidos sótanos de un santuario casposo cerca de la calle del Carmen donde juegan carambola actores de frac maquillados con polvo de arroz y asistir con entradas privilegiadas a la lista completa de zarzuelas que se interpretan en un teatro para luego sorprenderlo con churros y chocolate que parece más espeso que el mexicano, en un callejón que se esconde entre ladrillos de otros tiempos, al filo de una iglesia donde algunos dicen que Lope de Vega canta la misa.

Alicia Covarrubias le fue memorizando a Adalberto todos los nombres de las calles y las leyendas de sus edificios. Le hablaba de habitantes insospechados y celebridades de antaño; juntos fotografiaron todas las placas conmemorativas y lo sorprendió a lo largo de los meses de su reencuentro con la demostración ágil y práctica de que hablaba perfectamente catalán, vasco y *galego*. En una cena de la embajada de Holanda, donde fueron invitados por un catedrático brillante de la Fundación Carlos de Amberes, Alicia suscitó inmenso asombro de Adalberto al desenvolverse en no pocas y alargadas conversaciones en francés, alemán e inglés, y más tarde, de madrugada —montada en el potro de sus orgasmos compartidos— decirle casi a gritos que lo primero que aprendió fue griego, y luego latín, por la arqueología y por los años de universidad, que de eso casi nunca hablaba, como casi nunca volvió a mencionarle lo que le había dicho desde la primera vez que se vieron en la esquina del bar La Ópera y se cruzaron al café de la Casa de los Azulejos en pleno centro de la Ciudad de México, cuando le contó que entendía perfectamente el náhuatl y muchas cosas del maya, mas no del maya moderno que llevaba en el alma Armando Manzanero, sino el maya de las estelas y los glifos, de Chichén Itzá y de Tulum, de la selva de Guatemala y demás lugares que había recorrido mucho antes de conocerlo porque ella se había entregado apasionadamente a recorrer los pretéritos —sin la menor tentación por relajarse en las playas turísticas del Caribe— y le recordó o creyó recordar que le había contado en México que siendo arqueóloga encargada de un hallazgo importante en una fosa yucateca, cerca de uno de los cenotes más alucinantes del planeta, corrigió la equivocada afirmación de uno de sus compañeros —a la sazón, jefe del proyecto— que al descubrir los restos de «un noble o príncipe maya» y consignar en el acta que se trataba sin lugar a dudas de un hombre de mediana edad, fue ella —Alicia Covarrubias— quien aclaró que se trataría en todo caso de una princesa por el hecho inapelable de que los huesos de la cadera correspondían a una mujer, batiendo de un plumazo la ignorancia de su jefe, con serenidad y sin aspavientos, ingredientes que ella siempre ha intentado contagiarle a Beto.

Alicia Covarrubias extremadamente prudente y calladamente sabia en el apoyo incondicional con el que —incluso a la distancia— colaboró en desarticular la enfermiza obsesión compulsiva de su pareja que, de pronto y sin aviso, empezó por dedicarse a la constante detección de mentiras y a la continua revelación de falsedades como si fuese un agente omnipotente en abono de la verdad, y Alicia Covarrubias lo único que había enfatizado en los prolegómenos por correo electrónico —y en cada uno de los días que habían compartido desde la llegada de Adalberto Pérez a Madrid, sobre todo cada desayuno desnudos bajo la claraboya de una buhardilla soñada— es que Adalberto dejara atrás el necio empeño, la ira apasionada por haber descubierto la inmensa bola de mentiras donde se funden innumerables falsedades del mundo y entregarse al sosiego y serenidad de estar abierto a toda posible sorpresa que los ayudara a ambos a encontrar eso que ella llama la Verdad Verdadera con mayúsculas, sabiendo que dicho así podría confundirse con una engaño religioso o placebo del fanatismo o artimaña publicitaria, cuando en realidad no es más que la Pura Verdad a secas, la que ha de librar a ambos no solo de la simulación imperante o de los peligros de todos los días, sino de la incertidumbre más profunda, esa suerte de incógnita acéfala que ha aquejado a espíritus nobles desde el principio de la Historia.

Alicia Covarrubias empezó por decirle a Adalberto que no sabía bien a bien cómo explicarlo, pero quería apoyarlo en la posibilidad de que se pusiera a escribir en serio. Pasar de las libretas a los relatos cortos o incluso, el intento de una novela y fue precisamente ella la que sugirió la posibilidad de inscribirse ambos en la prestigiosa Escuela de Escritura Fuentetaja: ella en un taller de guion cinematográfico y él, en Escritura Creativa, encauzar quizá el amasijo de crónicas que se desprendían de sus libretas o intentar cuajar el cuento que los une como pareja para quizá convertirlo en novela, sin tener que desvelar intimidades ni secretos.

También le dijo que no sabía si Adalberto podría aprender a tocar un instrumento, inscribirse en la prestigiosa

Escuela Creativa de Música de Malasaña y especializarse en oboe como un anónimo veneciano, o en violonchelo, y dijo no saber explicarle bien lo que terminó explicando perfectamente: según ella, el mundo de la música y sobre todo las atmósferas que se sienten en torno a las orquestas sería el ambiente ideal para que Adalberto echase raíces en Madrid, con el rigor de los ensayos e incluso, el apego que sentiría por un instrumento de preferencia evocativo de las caderas de ella misma, de aquí que el violonchelo sería el regalo ideal y ya lo veía sintonizar con ese ánimo de humildad con el que el músico va leyendo las notas en la partitura y sabe perfectamente en qué momento le corresponde interpretar una o siete pulsiones en un momento justo donde no puede dilatarse ni adelantarse ni perder de vista por el rabillo del ojo la batuta del director. Diría Federico Fellini que todo esto que le decía Alicia a Adalberto era como la metáfora para mejor describir «una elevada actitud religiosa ante la vida». El músico como el anónimo poeta que va por la vida en sus libretas o en papeles pautados con humildad y modestia, sin molestar a nadie, sin mentira alguna, confiando ciegamente en la batuta que guía al conjunto y uno en particular. Todos a una, cada quien, cada cual.

Por eso le regalaba libretas dos o tres veces a la semana y hacía el amor como ninguna de las mujeres que había conquistado el inmensísimo cipote de Adalberto Covarrubias. Alicia le cantaba en la ducha y lo miraba absorta cuando a Beto le daba por hablar de sus andanzas de antaño y lo admiraba en público y era capaz de besarlo durante minutos que se alargaban sin tiempo y provocarle hasta siete gloriosas erupciones volcánicas en el transcurso de una sola noche. La Alicia de sus sueños era la seguridad encontrada, el tesoro redescubierto de un deambulante que se perdió en la neblina de sus propias dudas y, sin embargo, Alicia no dejaba nunca de ser un misterio. Alicia, la Verdad hecha mujer, era impredecible a pesar de ser su única seguridad en el mundo; enigma aunque incuestionable, sortilegio sin engaño, magia pura... la constante definición.

Otra libreta de Madrid

Alicia dice conocer en persona a Juan Ruiz de Alarcón (y otros personajes célebres del pretérito); creo que se trata de una broma en preámbulo a una puesta en escena que me concierne...

Existen aún huellas sin cicatriz de la Guerra Civil en la Ciudad Universitaria de la Universidad Complutense de Madrid, en los alrededores de la Casa de Campo, en propiedades cacarizas de Vallecas, y en no pocas conversaciones que se tornan en discusión a la hora del vermut, aperitivo, merienda o medianoche entre peninsulares de todos los bandos.

Sigue vigente en España entera una perniciosa afición al famoseo, cotilleo, postureo y revistas del corazón.

Mucho madrileño roza las rodillas al andar y no pocas madrileñas dominan mirar por el rabillo del ojo. He visto por lo menos a un enano que es capaz de mirar por encima del hombro mini al prójimo por soberbia y delirios de grandeza.

Es una imperdonable imprudencia pedir en cualquier bar de Madrid (o de España entera) la bebida tradicional mexicana para posible alivio de la cruda (conocida aquí como «resaca») que consiste en revolver las claras y yemas de al menos dos huevos en vino de Jerez (que no fino); brebaje llamado en México «polla con dos huevos».

Hablando de copas, en alguna de las raras noches en que Alicia y yo nos hemos escapado por ahí de tapas (como dice el gremio) me confesó que el pianista del santuario conocido como Toni 2 en la calle del Almirante es en realidad Dooley Wilson, ahora blanqueado aunque en otras circunstancias interpretó el papel de Sam en la película Casablanca.

Los llorados fusilados de la Moncloa que pintara Goya en su cuadro como crónica suman 43 y están enterrados en el pequeño cementerio de San Antonio de la Florida. Habrá que investigar si hay correlación esotérica con los 43 estudiantes de Ayotzinapa desaparecidos en Iguala, Guerrero.

Se ha confirmado que fue mentira el enredado bulo que circuló en mentideros de toda España a finales de los años ochenta del siglo pasado, que narraba detalladamente la sorpresiva aparición de Ricky Martin en un programa de la televisión española.

Miente todo guía de turistas que intenta impresionar a los grupos extranjeros que lo contratan al afirmar que en dos ocasiones se han soltado las balas de cañón que sostienen delicadamente los imponentes leones a las puertas de las Cortes en la Carrera de San Jerónimo.

El último Conde de Moctezuma murió en la Gran Vía durante la Guerra Civil; la plaza del Conde del Valle de Súchil debía rezar Valle de Xóchitl, sitio en Sonora, México, de donde provienen hoy en día no pocas toneladas de garbanzo mexicano para el afamado Cocido Madrileño.

La Infanta Margarita está a punto de saborear un chocolate en búcaro de barro novohispano en el momento de ser retratada por Diego

Velázquez, al lado de la enana Maribárbola y el enano Nicolasito, y el mastín adormilado, y las meninas que la atienden y la monja en la sombra, y los reyes en el espejo y el hombre de la escalera al fondo... México en medio del cuadro donde aparentemente está sucediendo todo lo que está a punto de suceder porque ya sucedió.

Es falso que los presentadores del telediario de la primera cadena solo lleven vestuario en la parte superior de sus cuerpos, y que se encuentran sentados, sin ropa, en el inmenso escritorio del plató. Debo a mi amigo Alberto Anaut esta y otras aclaraciones trascendentales.

Taberneros, taxistas y la señora que lava los platos en La Ancha de Zorrilla afirman que sí existen comensales capaces de deglutir la Oreja de Elefante empanada que sirven con patatas llamadas a lo pobre.

Es mentira vil que el gran Menéndez y Pelayo haya posado para la estatua de Neptuno en la glorieta que une la fachada del Hotel Palace con la del Hotel Ritz y la esquina del Museo del Prado.

Por lo mismo, es absolutamente falso que el Diablo en persona haya posado para el genial monumento que lo retrata como Luzbel en uno de los paseos interiores del Parque del Retiro. Lo que sí es geográficamente verificado es que dicho monumento a Luzbel se ubica a 666 metros sobre el nivel del mar.

No es del todo verdad o, al menos, no es correcto afirmar a ciencia cierta que todos los llamados Paradores Nacionales de Turismo —red ejemplar de la hostelería moderna— hayan sido «inventados y construidos en su totalidad, cada piedra y cada piso» por Manuel Fraga Iribarne (como asegura el último camarero histórico de la vieja cafetería Nebraska).

El tocino de cielo no se elabora con ningún componente de carne porcina.

Según Alicia, hay tres contingentes de monjas jerónimas de siglos pasados que circulan una vez al mes por mentideros de Madrid disfrazadas de modernas lectoras pertenecientes al Círculo de Lectura Peninsular.

Es poco probable que hoy en día se conspire clandestinamente por la independencia del reino de Murcia. De lograr una supuesta secesión y declararse república, perderían beneficios inapelables que les concede su inscripción dentro del reparto establecido para las actuales comunidades autónomas, tendrían que acuñar una moneda que no sería reconocida en ningún mercado financiero internacional, renegociar el suministro de luz, teléfono, internet, estaciones de tren, autobuses, carreteras que la unen al resto de la Península... amén de redefinir las ligas locales de los equipos profesionales de futbol, baloncesto, balonmano y nado sincronizado.

El vídeo (que en México se dice sin acento) del niño descalabrado durante una manifestación pacífica en La Alberca de Salamanca es en realidad la filmación de un momento trágico en la ya de por sí trágica actualidad de Iraq que algún mentiroso subió a su página de Facebook como falsa noticia con fines desconocidos.

No es verdad que la producción total de los célebres mazapanes de almendra que se venden en diversos establecimientos de la ciudad de Toledo sean elaborados diariamente por silenciosas legiones de monjas de clausura que han hecho votos de silencio y que entregan su producción a través de ventanucos medievales, o a través de las rejas de hermosa herrería que se pueden contemplar en ciertas iglesias de la localidad.

El sacristán de la iglesia de San Francisco el Grande no es sordo, como afirman algunos feligreses. Basta dirigirse a su persona subiendo el volumen de voz.

Aunque en su momento fue verdad, ya no es cierto que el gran Emilio Butragueño, leyenda del Real Madrid, atienda en la perfumería que llevaba el nombre de su familia en la calle de Narváez. Lo que sí es innegablemente verídico es que los hermanos que atienden la ya legendaria cafetería Silma, esquina con Duque de Sesto, solo duermen cuatro horas al día en abono a la atención constante que le profesan a sus clientes de toda la vida. También es absolutamente veraz la fotografía que congela el instante en que Emilio Butragueño se barrió en el área grande y que, por el ángulo del telefoto fotográfico, reveló dos inmensos testículos (que apuntalan su leyenda deportiva).

Es mentira que la diminuta figurilla de un astronauta que se observa en uno de los pórticos barrocos de una iglesia en Salamanca haya sido esculpida por un extraterrestre.

Se desmintió oficialmente el rumor que pronosticaba el repentino florecimiento de una alfombra de claveles sobre la Gran Vía. (Al parecer, se trataba de un proyecto para campaña publicitaria de un libro.)

Por los muchos lazos que guarda Alicia con el mundo cinematográfico mundial puedo afirmar que el poderoso productor Harvey Weinstein es un descarado abusador sexual de docenas de mujeres y que la pronta revelación de lo que aquí anoto al vuelo debe servir de eléctrica advertencia para no pocos poderosos políticos, promotores, productores, publicistas, autores, editores, etcétera, de Hispanoamérica, que más pronto que tarde irán cayendo en las manos de la justicia que merecen.

No todos los platos de lentejas contienen diminutas piedras que se cuelan en el guiso para divertimento del cocinero en cuanto algún comensal pierde un diente.

He visto en la calle y en varias ocasiones al escritor Antonio Muñoz Molina y cuando lo escucho hablar en público me parece que se le ilumina la frente y las manos bajo la piel.

Nadie ha logrado terminar con el cocido completo que sirven en la vieja taberna Malacatín; quien lo presuma miente. A su vez, es verdad ya muy confirmada que el vetusto santuario y horno conocido como Sobrino de Botín aparece en la novela <u>Fortunata y Jacinta</u> de don Benito Pérez Galdós, y que si no es el restaurante más viejo del mundo, indudablemente es uno de los más viejos y punto.

En Madrid y no pocas ciudades de España no se encuentran taquerías abiertas en la madrugada.

Mahatma Gandhi vive al día de hoy en Oaxaca.

El actor Kevin Spacey es gay —aunque no se haya declarado homosexual públicamente— e intentó confirmar la medida de mi pene en una fiesta que se celebró en la casa que ocupa XXXX en La Moraleja. Kevin estaba en perfecto estado de ebriedad y me fue fácil tirarlo a la piscina.

El joven dependiente de la más antigua botica de España dice ser clon de Harry Potter, mas niega ser sutil psicópata de parricidios inventados anclados en su acendrada ingratitud vocacional y su edulcorada desmedida ambición con esa común inconciencia que le nubla el cerebro a tantísimos trepadores españoles.

Es muy probable que haya vida en Marte y que los documentos de la CIA y del FBI que prometió desclasificar el demente de Donald Trump revelen por fin que John F. Kennedy fue asesinado por órdenes de George Bush padre, Lyndon B. Johnson, un grupo de cubanos enloquecidos, la Cosa Nostra (nunca llamada Mafia) de Chicago y seis miembros de la KGB, conspiración que casi desmiente lo que intentó demostrar Oliver Stone, glorificando la figura del nefando fiscal Jim Garrison —ciudadano aparentemente ejemplar en la interpretación que hace de él Kevin Costner, mas abiertamente denunciado en sus reales y polémicas dimensiones por la genial periodista Rosemary James de New Orleans (ver archivo de la Fundación Faulkner)—.

Se alarga el juicio del asesino de dos chicas en Cuenca que fue capturado en Rumania, y se confirma que algunos telediarios buscan convertir en tópicos de duración semestral los vaivenes de este tipo de casos como relleno para su programación, somnífero para los aficionados a la siesta o alimento de tertulias en barras de bares por toda España.

Es falsa la interpretación de algunos guías del creciente turismo asiático, que confunden a sus grupos de pekineses o nipones con cámara al hombro diciéndoles que la estatua de Carlos III, ubicada en la Puerta del Sol, es una imagen en bronce del rey ilustrado cuando era rejoneador de toros bravos.

La Real Academia de la Historia en la calle de León, esquina Huertas, alberga uno de los mejores retratos de Hernán Cortés, quien jamás se llamó a sí mismo o firmó documento alguno con el nombre de Hernán (prefería Fernán o Fernando) y en Castilleja de la Cuesta, Sevilla, florece hasta el sol de hoy un árbol de zapote negro que plantó el conquistador de Nueva España poco antes de morir allí. (Es por demás falso el capítulo de la vieja serie televisiva <u>El túnel del tiempo</u>, donde Tony y Douglas aparecen como únicos testigos de las muertes de Cortés y Pedro de Alvarado en una cueva donde se supone que han encontrado el Tesoro de Moctezuma; mentira vil del guionista. No digo más.)

En Canarias se vive con una hora menos que en la Península. Al parecer, Madrid lleva el mismo horario que Berlín por un antojo germanófilo de Francisco Franco.

Alguien deposita cada semana un ramo de rosas blancas en la tumba de Ana Cecilia Luisa Dailliez (ver archivo del poeta Amado Nervo).

Me cuenta un camarero que Alfonsito, entrañable cerillero del Gran Café de Gijón que vendía lotería y tabaco (amén de prestar dinero a los escritores en ciernes), murió a los treinta días de haber entrado en vigor la ley que prohibió fumar en el interior de los cafés, bares y restaurantes de Madrid.

La engañosa algarabía que mueve a ciertas masas puede venir abultada de manera invisible con un enjambre de mentiras que quedan obviadas por perderse en el coro de las banderas improvisadas. Bellow dice más o menos que es privilegio de los acomodados burlarse de la masa con el buen rollito de su falsa militancia libertaria.

Por la calle de Segovia, en el sagrado taller de la vieja laudería de las guitarras Contreras, hay un genio del flamenco que toca una vez por semana, sin atril pero con pedestal, en los sótanos donde nadie lo escucha.

Inexplicablemente, en el faro de Finisterre se conservan cartas inéditas de Pío Baroja.

La vainilla que se escancia sobre selectos postres en algunos de los mejores restaurantes de Sevilla viene importada directamente de Papantla, Veracruz.

La verdad como la copa de un pino

Le dije que era impredecible y eso pareció marcarle la cara. «¿Pero qué me dices?» y a punto estuvo de soltar el «Pero, ¿tú de qué vas?» fulminante, cuando logré suavizar su adrenalina:

—Lo digo por lo de los folios —dije con sosiego—. Me pediste recoger una caja de páginas en blanco en un local que se ubica nada menos que en la calle de la Verdad. *Of all places*, calle de la Verdad, caja de folios vírgenes, yo...

—Perdona, ¡qué risa! —dijo ella, acomodándose el pelo—. No me fijé en la dirección... pero no están en blanco. Abre y verás.

Efectivamente. La caja que Alicia me había pedido recoger contenía cien hojas de papel más o menos fino, tamaño A-4 ya tradicional en Europa, impresas por ambos lados, muchas de ellas corregidas a mano con tinta morada. Lo dicho: Alicia es impredecible, aunque le ofenda el término y se confirma no solo por hacerme el truco de los papeles en blanco (que yo mismo vi cómo los metían en la caja en el local de la calle Verdad), sino además, citarme en el Gijón. Gran Café de Gijón que ella misma evitaba por tópico. Vacío... semivacío. Nosotros... no sé para qué.

—Siempre te ha gustado este sitio, ¿no? —dijo como si hubiese leído el párrafo anterior—. Se me ocurrió vernos aquí porque quiero que hablemos. La Verdad con mayúsculas de una vez por todas.

—Mira, Adalberto. Es-cú-cha-me (esa separación silábica tan madrileñamente cinematográfica): Nos conocimos... nos enamoramos... hemos sido felices desde la primera conversación. Desde el principio intuí lo que podía pasar entre nosotros y así fue: empezaste con tus dudas y se volvió obsesión esa necia compulsión que te dio contra toda forma de la mentira, ¿vale? Hay quienes pueden andar por la vida sin preocuparse ni alterar sus deberes sabiendo que en toda época y en todo lugar se abona un páramo de falsedades, funcionales al fin y al cabo. Eso ya lo aprendiste, y tu llegada a Madrid, nuestro reencuentro, ha fincado las circunstancias que yo deseaba para poder sellar de veras lo nuestro; un propedéutico para jugarnos la vida ambos. Jugarnos la vida, nunca mejor dicho...

Estamos muertos.

Así como lo oyes.

La vida de algunos no es más que la enésima muerte que vivimos los que habitamos un cuerpo para pasar al siguiente. Im-pre-vi-si-ble.

Te lo cuento ahora porque desde hace tiempo buscabas la Verdad, te obsesionaste en luchar por verdades y quizá intuías lo que ahora te digo: Estamos muertos, Adalberto.

Esto es así: yo he agotado siete biografías, en diferentes épocas, idiomas y geografías. Mi madre lo supo desde que yo era niña. Yo misma le compartí lo que aprendí en otras vidas y sí, ahora ella está muerta y no tengo la menor idea quién es hoy, pero si de algo estoy ab-so-lu-ta-men-te cierta es que mi madre habita el planeta, anda por allí y es muy poco probable que la pueda reconocer.

Verás: hay casos o rondas en las que uno puede volver tal cual es, pero en idioma y genealogías divergentes. No todos pueden hacerlo. En París vi caminando a pocos metros por delante de mí al que fuera conserje del edificio en el que viví de niña. Ese hombre se electrocutó intentando arreglar unos cables en el verano del Mundial de Fútbol del '82; asistí con mi familia a su entierro, porque lo queríamos, y porque sus hijas jugaban conmigo, y hace un año lo vi caminando en París por *rue* Lauriston como si nada, idéntico, intacto. Eso sí, solo hablaba francés y aceptó tomarse un café conmigo, porque dijo saber él también, y desde que yo era niña, que yo venía de otra vida.

A mí me asesinaron en 1939 en Manhattan en un bar donde acostumbraba verme con mis clientes. Me llamaba Shirley Banter. Era rubia y feliz, fumaba pitillos sin boquilla, cantaba de vez en cuando subida a la cola de un piano inmenso y estuve casada con un negro que reinventó el saxofón. A mí me mató George Banter, gánster de mala muerte (definitiva) al que puedes buscar en periódicos o en Google. Yo tenía una vida, Adalberto, y me dieron otra: volví en España, crecí como ves y llegué a México sabiendo que yo no quería liarme con nadie que no entendiera lo que digo: estamos todos muertos, al menos un gran número de personas que ves por el mundo han muerto, han vuelto, y no todas lo saben. Muchos lo intuyen, lo leen en novelas o lo ven en películas, lo imaginan como quien recuerda. Esto va en serio. Te confío que yo sé detectar quién o quiénes lo están o no.

No puedo… más bien, no se pueden saber exactamente todas las vidas pasadas que ha cargado sobre sus hombros quien ahora deambula nuevamente por el planeta —quizá sin saberlo— como muerto en nueva vida. El camarero que te saluda siempre ha estado aquí, desde antes de la Guerra, ¿no te llama la atención? Yo lo conozco de siglos pasados. En Bavaria, estábamos enemistados. Vivíamos en un pueblo y ambos nos reconciliamos para ayudar a un príncipe. Te lo digo yo. Estamos muertos y ya es hora de que vayas abriendo tu conciencia plena a la Verdad con mayúsculas que buscabas afanosamente.

Está por llegar un amigo que quiero que conozcas. Antes de eso: es-cú-cha-me… Si quieres te cuento de lo tuyo. Deja que termine con lo mío. Yo vivía en New Jersey y abandoné mi hogar para ganarme la vida en New York. Se puede decir que conquisté Manhattan el día que me dieron oportunidad de cantar en un teatro. Luego vinieron los engaños, y un hijo de la gran puta (diría *motherfucker*) me embarazó, me obligó a abortar, me robó y abandonó a mi suerte. Me echaron de la pensión y me tuve que apañar en las calles. Que te lo digo en serio: yo sé lo que digo, yo sé lo que es sobrevivir... y sé lo que es morir.

George Banter me metió dos balazos en el pecho y uno en el cráneo. Quedé tirada en el callejón hasta que llegaron los reporteros que se les adelantaron a los policías. Hay una fotografía donde se me ve tirada en medio de un charco de sangre y la puedes buscar en la hemeroteca de la Biblioteca Pública de Nueva York. Tengo copias de fotografías y recortes ya amarillentos donde se narra mi muerte y los podrás revisar ahora que te cuento todo esto.

No pienso narrarte todo lo que sé de mis siete vidas. Ni que lo creas de entrada. Imagino que te crees que estoy de broma. Me dices *impredecible* y quizá llevas razón. Piénsatelo, Beto, de aquí pa'lante, piénsatelo. Estamos muertos, cariño, y a partir de ahora todo será la Verdad como la copa de un pino.

Quiero que escuches al amigo que cité. Mira: he pensado que tenemos que inventarnos o, mejor dicho, reinventarnos esta vida juntos. Yo pensé que podríamos navegar constantemente. Los viajes a Sevilla. Las visitas a Barcelona. El ritual de Toledo. Las escapadas a Segovia. El monasterio en Burgos... y Galicia entera o incluso comprar algo en Donostia. Pensé dedicarnos a viajar en tren, enseñarte a detectar a los prójimos, que te lo digo yo: se le ve un brillo en la retina, un leve lunar que revela tiempo transcurrido en el dorso de la mano, ese guiño de sonrisa, ¡yo qué sé!, que te voy a enseñar, que te vas a enterar. Ahora creo que estamos para algo más elaborado; por supuesto que seguiremos con los viajes, seguimos en tren (y en realidad, hemos andado ya mucho en trenes desde hace por los menos siglo y medio), pero quiero que escuches al amigo que cité aquí en el Café Gijón.

Déjate llevar, cariño. Esto es así. La señora que me vendió la buhardilla, la que te presenté en la panadería un día que te hiciste un lío con tus libretas y la baguette y se te cayeron las gafas. Esa señora fue novia de Alejandro Sawa, un escritor del siglo pasado que si lo lees, alucinas. Me contó de sus desveladas, de los papeles con caligrafía diminuta, la era de las velas, tío.

El belga que comió en una mesa pegada a la nuestra en Barcelona, el día que caminamos de punta a punta, de ida y vuelta el Paseo de Gracia, ¿te acuerdas de él? Ese hombre estuvo involucrado en la conspiración para matar a Abraham Lincoln. Lo reconocí por los libros que estudié cuando fui norteamericana y todo parecía promesa. Que te lo digo en serio, tío. Poco a poco lo irás asimilando y llegarás a detectar a los elegidos, los prójimos que andan de vuelta. Te lo digo de frente, porque tú siempre andabas peleando por la Verdad: aquí no hay mentira alguna, Beto.

En este mundo sigue vivo el santo benefactor de los pobres y no pocos villanos insaciables; en las noticias puedes reconocer dictadores en blanco y negro y héroes que solamente conocías en pintura. Isabel de Castilla tiene la cara intacta, aunque viva ahora en Tailandia, y me consta —por amigas que me lo confiaron— que al menos dos apóstoles de Jesús de Nazareth —Lucas y Juan— atienden un rancho de ganado en Montana. Ya habrá tiempo para que te llenes de revelaciones. Yo sé que te inquieta: lo que decías de la Biblia, cuando te dio por intentar quitarle sus mentiras; todo lo que te intrigaba del Imperio Romano, la cara de Cleopatra, el inventor de los relojes que te vuelven loco, el instante en que el húngaro Biro descubre el bolígrafo, el verdadero temperamento de Paganini, la gente que tiene que aguantarle todo a Beethoven. Te lo dije en el Prado y ahora lo verás: allí mismo acostumbran volver los pintores. Ese que se asomaba por la puerta del ascensor, el que te miraba como si te conociera de siglos... el de la cafetería, el que se nos acercó y dijo algo en holandés.

Era pintor y vino de vuelta a retocar un mínimo detalle de uno de sus cuadros.

Es más, ya te contaré bien, pero tengo toda la evidencia y un baúl inmenso repleto de papeles y grabados que prueban mi participación en la gloriosa Revolución Francesa y el romance que viví con el poeta Fernando Pessoa que, hasta ahora, nadie ha descubierto, aunque conozco bien a Ophelia, una de sus musas cuando Pessoa se sentía cursi y no faltaba a misa.

Fui sirvienta en casa de Verdi y en Buenos Aires, mi amigo Mastronardi guarda en un ropero de su casa en Maipú los inéditos de Jorge Luis Borges y el álbum perdido donde hay fotografías de Cortázar riéndose a carcajadas en una comida con Bioy Casares. Si yo te contara las noches con William Faulkner en New Orleans, nos habíamos conocido en un barco y yo me quemaba las pestañas estudiando biología y pensaba que todo el orden que guiaba el desorden universal tenía un sentido que había que digerir con el sosiego y resignación de los creyentes. Pero es-cú-cha-me, esto no es el retablo de las maravillas de Cervantes, que esto es muy serio y no es fácil ni feliz. Esto puede ser muy duro. Do-lo-ro-so.

Es muy jodido. Sí, a veces todo esto es muy jodido. De pronto ves en la tele que Stalin no ha muerto o te cruzas en la calle con un hombre que viste muerto en la trinchera de la batalla de Verdún en la Guerra del '14 del siglo pasado; ves de lejos a los amores que te han olvidado, las manos que te acariciaban en un ayer de siglos cortando pescado en un mercado de hoy.

He visto jugar en plazas a los niños que murieron en un bombardeo en Hamburgo y al día siguiente me sigue en el metro la silueta de un inglés que me salvó el pellejo cerca de Westminster Abbey. Pero te repito que esto no es un paseo cualquiera. De hoy en adelante, lo verás en los viajes, podrás descubrir entre miles de mortales los contados revividos, el templo de meditación continua que cuida

John Lennon como delicado jardín (efectivamente, junto con George) en el norte de India, los nuevos versos que escribe Walt Whitman en Bolivia, la cara intocada de Ingrid Bergman, ama de casa en Vancouver... Aquí viene el amigo que te quiero presentar, que ha llegado: míralo.

—Encantado, Mastorna. Digo, *io sono Mastorna*, encantado de conocerle. Jaja, te ves radiante, bella. Qué gusto, Adalberto. Me dice Alicia que te gusta el teatro, que quizá podrías actuar en la película. ¿No? ¿No es así? Ah, *scuzzi*, sin problema. Joder (como dicen aquí los españoles). Joder, Alicia, eres la bomba. Mira, Adalberto: contacté con Alicia para ver si gustaban invertir en un film, una película que se le debe a la *humanità*, una cosa grande. ¿Me trae una copa de vino tinto? (Este camarero me parece familiar, ¿cierto?) Jajaja, ay, Alicia: bueno, la cosa es así:

Federico Fellini siempre quiso filmar «Lo strano viaggio di Domenico Molo», un cuento temprano de Dino Buzzati (¿lo conociste, verdad, Alicia?). Jajaja, *io no sono Domenico Molo*, Alicia. *Io sono Mastorna* y punto. Mira, Adalberto: en su momento, Fellini consiguió conocer a Buzzati, de hecho, hay un guion firmado por él... ¡Ah, fantástico! ¿Viene incluido en estos papeles? La caja, *bellissima*. Bueno, *grazie*. El guion necesita pulirse. Fellini no aparece por ninguna parte, pero quise invitar a Alicia porque mis socios y yo queremos llevar esto a la pantalla.

—Te explico, mi amor. Mastorna es un personaje encantador. Es mi amigo de mucho tiempo. Es de los amigos que te decía: Mastorna quiere ahora interpretar el papel que Fellini había soñado para Mastroianni. Mastorna-Mastroianni, *¿get it?* El caso es que encontraron a Marcelo en Lisboa y dice que no quiere saber nada del tema, que es un guion maldito, que por ahora no quiere hacer ni saber nada de Fellini. En fin, que ya te contaré en qué cosas anda el Genio Mastroianni, *Capo di tutti capi*. El caso es que le escribí a Mastorna para vernos y que juntos veamos si invertimos algo de nuestro dinero en la producción.

Efectivamente, le dije que podrías actuar. Aunque lo niegues, tienes más dones que la anatómica bendición que te concedió la naturaleza, cariño.

Entonces, dijo Mastorna: —La cosa es así. Fellini leyó el cuento de Buzzati cuando era un joven *ragazzo* que laburaba en una imprenta. Buzzati publicaba en Ómnibus (¿recuerdas, Alicia?, ¿no te tocó leer esa maravilla?). Era una revista *particolare. Buonissima*, hasta que la clausuraron los fascistas. Al *Duce* le incomodaba especialmente. Allí escribían Moravia y Montale, Hammett y Hemingway... Steinbeck (que dicen ha vuelto a California), todos bajo el manto del *grande editore* Longanesi. Leopoldo Longanesi. Jeje, Fellini leía Ómnibus y allí descubrió «Lo strano viaggio di Domenico Molo» que publicó Buzzati en 1938, y el Gordo di Oro anduvo treinta años con el cuento como obsesión, metido en la cabeza como una compulsión incurable. El caso es que cuando Federico Fellini finalmente conquista al mundo con su película *La Strada*, a los italianos les da por denostarlo y le dan la espalda; la crítica fue feroz y el *Grosso* cayó en una depresión de la que lo salvó Natalia Ginzburg y no pocas sesiones de análisis con un psicoanalista. En el fondo del *suo ipotalamo* seguía rondándole el cuento, y decide conocer a Buzzati, ya viejo, y lo convence de escribir el guion. ¿Alicia, has hablado con Forn? No, *ragazza*, Juan Forn el argentino, el que te presenté por Skype. El de la novela *Puras mentiras* que te mandé por Amazon. Llámale, él puede orientar a Adalberto mejor que nosotros.

Andiamo. Lo que te cuento, Adalberto, es lo siguiente: la *storia* de Domenico Molo es sencilla y te identificarás al instante. Un hombre viaja en un avión que sale de Milano con destino a Nueva York. El avión es un DC-8. Exacto, exactamente *come* el avión del actor *messicano* Pedro Infante, *bene, bene*. El hombre es músico (decisión de Fellini, mas al parecer, no original de Buzzati) y la nave entra justo en medio de una poderosa tormenta de nieve, los pasajeros gritan y algunas mujeres van rezando a voz en cuello. Hay rayos y un estruendo constante, las valijas y maletas caen de los compartimientos superiores, la azafata intenta calmar los nervios... hasta que el avión aterriza finalmente en una pista a la mitad de la bruma. Hace un frío intenso. Está nevando y soplan vientos fortísimos. La mayoría de los pasajeros son trasladados a la terminal desde la punta de la pista donde finalmente se ancló la nave en el hielo, pero el músico llamado Molo prefiere subirse a un trineo con un buen hombre a las riendas de dos inmensos caballos percherones. Sube con él la azafata y ambos son llevados a un hostal en medio de la tormenta de nieve; al fondo se alza la silueta inmensa y negra de una catedral impresionante. Es la catedral de Colonia.

Köln, ¿recuerdas, Alicia? La urna de oro con los restos de los Tres Reyes Sabios, jaja. ¡Ah, qué tiempos! Sí, *grazie*, otra copa de vino tinto... Yo pago. Insisto. Bueno, la *storia* del hombre cristaliza en cuanto entra con la azafata al hostal, todo iluminado con velas porque se ha cortado la luz por la tormenta de nieve e intenta hacerse entender en alemán (no era como vos, Alicia). El caso es que el encargado o dueño del pequeño hotel le informa que acaba de suceder una tragedia, que un avión que venía de Italia se ha estrellado en medio de la tormenta y han muerto todos los pasajeros.

Tan-tan: *¡Ecce homo!* El hombre es un muerto que se entera que ha muerto en el cielo nevado de una tormenta sobre Köln. ¡Fantástico! El *racconto* es la narración de un muerto en vida; la vida de un muerto, ¿comprendes? ¡¡Sí, genial, Alicia!!

Pues, bien: Fellini nunca llegó a filmarlo. Hay quien dice que hubo mucha superstición sobre el tema o que decía que *L'umanità, la vana umanità di oggi, non è pronta per le piccole e grandi rivelazioni della vera realtà: per la Verità veritiera e con la maiuscola, come la seppe Dante.* Hace cincuenta años —*scusate se parlo in italiano*— la producción estuvo cerca de cristalizar el *sogno* de Fellini, el *racconto* de Buzzati, pero llevó al Gordo a la quiebra porque era *Capo Lavoro*, la Obra de *la sua vita* y se armó un pleitazo con Dino de Laurentiis, el abandono total de Cinecittà... *Dinocittà*, jaja... El caso es que De Laurentiis ya no quiere saber nada del cuento; Fellini no aparece por ningún lado y yo pienso que si Alicia y tú quieren entrar en el negocio... si tú, Adalberto, quisieras actuar o estrenarte en *questo* film, hacemos un testimonio invaluable para la humanidad. Eso es. Esto es así.

Alicia nunca miente

Alicia Covarrubias está loca. Adalberto Pérez, también. O, no: Alicia ha revelado algo que siempre ha sido materia de ficción y conjeturas; Adalberto llegó a ello por haberse inoculado del tortuoso virus del escepticismo total. Farsa o no, lo que se lee aquí es un acomodo entre pares, un acuerdo entre dos mitades de un amor que decide vivir así, fingir, o no, así. Lo saben los que saben: Mastorna es el personaje o el actor que ha contratado Alicia de *El viaje de G. Mastorna*, libro que contiene el guion inconcluso de una película inexistente que atormentó a Federico Fellini. Pero, ¿si el contratado por Alicia fuera en realidad Domenico Molo? Creer para ver si todo esto es mentira, cuando quizá sea —como afirma Alicia— la Verdad con mayúscula, no La verdad sospechosa del teatro y el Alarcón que salió de Taxco para conquistar tablas y corrales de Madrid.

Allá afuera hay un mundo sin colores que convive y se filtra entre la realidad variopinta y multicolor. Efectivamente, hay legiones enteras de fantasmas deambulantes más que meros ambulantes, todos esos que conoce y no conoce Alicia, los que Adalberto cuestionaba y ahora mira pasar y conoce en persona. Por supuesto que da curiosidad: incluso, mueve a risa. El organista de un trío de jazz en Bourbon Street, ¿lleva bajo la piel el alma de Juan Sebastián Bach, llegado a New Orleans en el seno de una nueva familia afroamericana?

Hay una marcada diferencia entre el humorismo de chistes y pastelazos, las burlas de la época anterior a la corrección política, que nada tienen que ver con el humor a secas como brazo de la inteligencia y las burlas veras, las mentiras verídicas, las verdades que se mienten para lograr convencer a quienes dudan. Habría que hablarlo quizá con Henri Bergson que sigue activo en un salón de París, o comentar el tema con quienes han tenido oportunidad de discutir el libro perdido de la risa que firmó Aristóteles, aunque digan que se perdió en las llamas de un incendio, en realidad es apócrifo, pues aquel incendio fue de novela.

¿Será inútil desvelar mentiras que en realidad solo han sido formuladas en prosa? De eso y más habla Alicia con Adalberto cuando ambos se preguntan si es posible encontrar en los archivos las huellas de una vera Dulcinea del Toboso cuando consta que fue redactada en ficción por Miguel de Cervantes, el mismo que para ampliación de un juego maravilloso de espejos asegura que no es autor de la vera historia de Alonso Quijano o Quezada o Quijana, pues solo se ha divertido con la traducción de unos pliegos que compró a la entrada de la Alcaná de Toledo, escritos en árabe y traducidos por un mozo que no paraba de reír.

Alicia se jacta de haberle señalado a Adalberto la presencia de Leonor de Aquitania en un pasillo de El Corte Inglés de la calle Goya y al mismo tiempo, asegurar que D'Artagnan es el actual entrenador de un equipo de futbol en Francia a pesar de haber sido personaje de una novela sobre su vida entera que, para colmo, no lo menciona en el título.

Alicia se iluminaba a partir del instante en que le habló de frente a Beto y en cada ocasión en que volvieron sobre el tema. La noche en el avión a París donde le demostró que viajaba Enrico Fermi en el asiento del pasillo y los días que pasaron en Francia para que Beto aprendiera a reconocer semejantes, ahora encarnados en viajeros muertos en vida. Cuando volvieron a Barcelona, fue Adalberto quien señaló hacia Alicia con un leve guiño haber reconocido a Fernando Fernán Gómez acodado en la barra de un bar sin que nadie le molestara, y el paseo que dieron por la Barceloneta hablando horas de la humanidad plasmada en un inmenso biombo de revelaciones e incluso, recuerdos: Beto había olvidado que un viejo compañero de sus andanzas en el desempleo le aseguraba que tenía un clon en una vieja fotografía en sepia donde parece que Emiliano Zapata está posando para la eternidad. Allí, a su derecha, Beto Pérez, guerrillero revolucionario. ¿Locos? ¿Ambos? Se presta a duda: no serían los únicos en detectar que hay un cuadro inmenso, hiperrealista, de la reina Loca Juana, donde aparece retratado al óleo como si fuese fotografía del carnet de conducir el joven que atiende en el café de la calle Narváez. Todo esto lo intuyó el poeta Eliseo Diego cuando reveló en un verso que aquel que aparece en las fotografías de grupo y que ya nadie recuerda su nombre no es nadie más que la muerte.

¿No llama la atención la minuciosa descripción con la que Eulogio (el antiguo distribuidor de bombonas de butano que para en el bar de Aurelio en Argüelles) narra detalladamente un gol anotado por Di Stéfano cuando militaba en los Millonarios de Colombia? Todos saben o podrían calcular que Eulogio no tiene la edad para haber presenciado ese gol —que nadie retrató ni filmó y que solamente se menciona, al paso y sin detalles, en alguna crónica—. Además, Eulogio jamás ha viajado a Colombia. Parece mentira —y de allí el olfato de Beto— que la vieja loca que bebía anís de cuando en cuando en el Bar del Angelito de la calle Ramón y Cajal se la pase confiando a quien la escuche, que hubo un tiempo en que pasaba por ella un carrazo Hispano-Suiza para llevarla a secretas orgías que se organizaban en el Palacio del Pardo. Y qué decir de Herman Melville, vendedor de seguros jubilado desde 1988 en San Miguel de Allende que, cada vez que alguien habla de ballenas, cierra los párpados como persianas y sonríe para sus adentros. Y esa pintora inglesa con la que

Beto sostuvo durante años una suerte de romance semanal en Cuernavaca, esa mujer divina acompañó a Winston Churchill cuando ella era enfermera en pleno Blitz de las bombas de la Luftwaffe Nazi sobre Londres, recorriendo los pasillos interminables de camastros ensangrentados por jovencitos heridos que alzaban dos dedos para garantizarle la victoria al viejo gordo Primer Ministro, que nadie sabe dónde quedó su fantasma o si se ha perdido ahogado en las aguas del Canal de Suez.

Película favorita de Beto: la lacrimógena y cursi, entrañable y forzosamente navideña canción en celuloide donde un hombre se suicida, tirándose de un puente, y aparece un ángel que ha de mostrarle lo que es el mundo sin él, sin su historia y sus circunstancias, sin su biografía. Todo se explica en los delicados pétalos de una rosa que el suicida guarda para su hijita, para que todo espectador salga de la proyección convencido de que la vida de un solo hombre toca las vidas de todos los demás hombres del planeta. Un muerto que recupera la vida por vía del suicidio, algo que quizá planteaba Alicia con invertir en la película del italiano enloquecido y verídico que hablaba en el Café Gijón como si llevara música de fondo, y de eso mismo y de todo lo demás se desvelaba Adalberto a partir del instante en que Alicia empezó a prepararlo para la Verdad sin más.

Aquí hay una pareja al margen de la inmensa mayoría de la población del mundo que ha acordado entre sí su particular complicidad para digerir la vida que les une. ¿No sucede así con la mayoría de las parejas? Hernán y Alberto, unidos desde hace años bajo un arco iris que aún suscita la ira del encono y la arbitrariedad del insulto barato; doña Silvia y Severiano, su segundo marido, unidos en la verbalización cotidiana con la que sobreviven su unión ya inquebrantable en lo que llaman la tercera edad. Por allá, los jóvenes que se besan en el último vagón de un tren, sabiéndose eternos y en la acera de enfrente, la pareja de preciosas mujeres que caminaban de la mano sin importarles el prejuicio de las miradas anónimas. Aquí van Adalberto y Alicia sobre el bulevar de un Madrid que conocen de siglos, redescubriéndolo como quien pasa las páginas de un álbum viviente, cada día un párrafo, cada rincón un recuerdo recuperado de vidas pasadas. Aquí van: contra todo lo que los separa y por todo lo que los une, como diría el filósofo.

Dice Alicia que las libretas que fue acumulando Beto en sus años de anotador incansable sirvieron para marcar una ruta ascendente de resignación iluminada, un credo de convencimiento paulatino de que entre todos los vivos perviven los muertos en esa suerte de confederación invisible que sostuvo Pereira, según el escritor Tabucchi: otro italiano cuyo tránsito pasó casi inadvertido para los profesionales de la cultura y los amanuenses de los suplementos literarios que solo se ocupan de las baratijas de moda, los supertirajes y superventas.

Alicia conoció en persona a un piloto aviador ya sin alas que rondaba los basureros de un barrio de Bilbao que llevaba sobre sus hombros la culpa de haber sido piloto de la Legión Cóndor. Guernica. Blanco y negro. El inmenso cuadro en el museo Reina Sofía donde trabaja Adalberto, a quien le permiten recorrer las salas cuando ya no son horas de visita, y quien se pierde hasta altas horas de madrugada buscando los ecos de unas voces en las paredes pintadas.

Alicia le dice a Adalberto que sabe perfectamente el santo paradero del profeta de Nazareth que se escondió en Cachemira para huir del ruido del mundo; y alguien le dijo a Alicia que todo eso se sabe en el Vaticano y que hay cuadros manchados por el tiempo en algún monasterio que cuelgan en las rocas de Grecia donde se confeccionaron las partituras para los cantos con los que todos los muertos se unen en vida para glorificación del amanecer, único y todos. Sol que es Luna.

La pareja no comparte con casi nadie el vocabulario ni el credo de su revelación compartida. Viven sin molestar a nadie y nadie los molesta en el cotidiano devenir de sus andanzas entre fantasmas y vivos, en color o blanco y negro, sobre los telones cambiantes de un escenario en constante movimiento. En el paso de cebra más cercano a la Plaza Mayor se han cruzado de frente con la nueva novia de Rossini y en un acto protocolario de la embajada de Perú, al que asistieron por quién sabe qué compromiso compartido, estuvieron departiendo con Sir Arthur Conan Doyle, sin que él mismo supiera de su verdadera ascendencia y, de vuelta a la buhardilla, Alicia no paraba de reírse con la perfecta personificación que hacía Adalberto Pérez del mejor Sherlock Holmes de la pantalla cuando era de plata. Al llegar a su refugio, una noche sí y todas también se aman casi hasta el amanecer en el regocijo casi milagroso de poder hacerlo sin cansancio, para todas las vidas que han de compartir a partir de ahora en que estas líneas empiezan a esfumarse, impresas en hojas blancas, «folios vírgenes» dicen en la imprenta de la calle de la Verdad, corregidas con tinta morada para que alguien las lea.

Alicia viaja a Colombia, dos semanas, para verse con uno de los muchos hijos del antiguo telegrafista de Aracataca, el más avezado en la narración de historias, para que la ayude a corregir el guion que ella misma escribió para otra posible película donde quiere que salga Beto en un desnudo frontal que selle para siempre su grandeza anatómica. Ahora es Beto quien la espera en Barajas y la deja hablar sin parar, encandilada con la idea de que ambos deberían poner en orden sus cartas y sus correos electrónicos, y buscar la edición de un libro con tapas amarillas que sirva como insinuación de que realmente existen los amores eternos, aunque parezcan contrariados en un principio por las mentiras.

Alicia mira con orgullo cómo ha evolucionado su centauro que ya no es el Adalberto de los cuentos desmentidos, sino el Adalberto que sigue anotando en sus libretas las coordenadas azarosas de una manera de vivir todas las vidas que se viven en cuanto uno asume que ha muerto o ha de morir, una vez más.

Adalberto Pérez lee por primera vez la novela de Juan Rulfo, a quien vieron en Oviedo, escondiéndose entre unos árboles cercanos al Teatro Campoamor. *Pedro Páramo*, donde hablan los muertos, todos los muertos vivos que también son hijos de Pedro Páramo, y habla Miguel que volvió de las tinieblas para despedirse al pie de la ventana y Susana San Juan, la mujer que vendía agua de Jamaica y jugos de naranja en el puesto de herbolaria de la estación Metro Balderas del ahora extinto Distrito Federal que visitaba Adalberto cuando era burócrata. Ese Beto que sale de la ducha y anota que en México le dicen regadera, y que el grifo es la llave y que la tina es bañera y que la banqueta es acera y las mancuernillas, gemelos, y a nadie incomoda que vaya anotando en las calles de Madrid todas las semblanzas de muertos pasados, incluidos los muros que habían sido bombardeados, la valla ametrallada, el olor de pólvora y polvo, los gatos que nunca mueren, el ojo de vidrio que alguien perdió en la corredera sobre Recoletos, el manco que pasea descaradamente fumando un porro de mariguana y las carcajadas de las mocitas que parece que van cantando con cántaros invisibles enfundadas en cortísimas minifaldas, aunque mantengan sin alteración los peinados de una época olvidada.

Alicia asegura haber bailado con Carlos Fuentes en esta y otras vidas; Adalberto empieza a vislumbrar entre neblinas la noche en que escuchó a Federico García Lorca tocar el piano en la Residencia de Estudiantes. Fue quizá la primera vez que alguien mencionó la posibilidad de huir a México, y piensa entonces que todos los pasos de su enrevesada biografía han de decantarse a la luz de lo que llegue a descubrir en el tiempo por venir, los tiempos por venir, eso que llaman porvenir que no son más que las décadas o minutos que le quedan por delante, unido ya para siempre a Alicia.

La tertulia interminable con el filósofo de siglos, envuelto en sábanas allí mismo en su buhardilla y los desayunos intemporales con el fantasma reencarnado de un enciclopedista ahora desconocido que ha insuflado la vocación de un joven que dice estar estudiando en la Universidad de Salamanca, al que le consta haber sido testigo de las muertes de hombres de letras, y al que le consta reunirse con amigos de siempre para que cada quien ponga en una servilleta la primera frase de sus primeros libros, aún sin escribir.

Alicia y Adalberto. La pareja se sienta a escuchar en la radio las interpretaciones intactas de una orquesta sinfónica cuyos integrantes murieron desde el siglo pasado y luego asisten al recital de un violinista checo que ha reunido a pocos amigos en la azotea de un viejo edificio en Tirso de Molina y se enteran de que en realidad él también es un viajero como ellos, plenamente consciente de que en sus más de once existencias ha sido y será siempre violinista y padre de bellísimas gemelas.

Adalberto y Alicia salen de vez en cuando con parejas parecidas para perderse por Lavapiés y escuchar en la vieja corrala los ecos de una puesta en escena que a nadie consta, y beben vinos que han sido añejados desde tiempos del gabán sin tiempo y se besan recargados en las paredes del Arco de Cuchilleros y vuelven siempre a la buhardilla arrancándose a veces las bufandas como si se despojaran del tiempo muerto, de todos los tiempos acumulados en los relojes que se retrasan constantemente en sus vidas, y cabalgan la noche enfundados en un sudor plural que abate todas las mentiras y certifica todas las verdades del increíble viaje que empezaron la misma tarde en que se conocieron en la esquina del bar La Ópera de la Ciudad de México, sin saber que en planos invisibles recreaban el amanecer allí mismo en una época de siglos pasados, cuando el empedrado se llenaba de mierda de todos los caballos que rondaban ese callejón cuando aún no existía la calle con la que hace esquina, cuando apenas levantaban la casona forrada de azulejos donde siglos después esa misma pareja se sienta a conversar como si no existiera el odioso rascacielos que se eleva a pocos metros de allí, la jeringa hierática que resiste todos los temblores mexicanos, y la pareja decide volver a caminar por las calles donde ya no se ven los escombros y solo se escuchan las voces en silencio de los que murieron en los sismos, ellos mismos ya con tapabocas y puño en alto ayudando a sacar a los heridos, sacándose ellos mismos en andas, cargados de brazo en brazo de sus semejantes en absoluto silencio ante el enigma indescifrable de los muertos que viven incluso muertos la muerte que es vida, y se sucede en ronda de siglos tallada sobre la piedra que lleva la imagen del sol sacándole la lengua a los incrédulos, burlándose de los arqueólogos y burócratas que le quieren interpretar los siete niveles de inframundo donde se decantan todas las verdades y se vierten como sangre en la piedra inmensa de los sacrificios, anverso de la rodela donde han descuartizado nada menos que a la luna, la que cortan en pedazos con cada amanecer en la inmensa ciudad inconcebible que flota sobre dos lagos ya disecados por donde navegan las almas que siguen aullando los gritos del llanto, la voz de la Llorona que según Alicia fue su compañera en un viaje que hicieron a Palenque, en Chiapas, donde apareció la armadura oxidada de un caballero de triste figura cuyo escudero cruzó el Atlántico en quién sabe qué página o siglo para buscarlo en el pueblo llamado Cuévano que se esconde en la cañada al pie del Cerro de Ranas y todo queda en la carcajada perfecta del narrador perfecto que le cuenta a los taxistas los enredos de sus cuentos o la narración entera del primer borrador de sus novelas, pagando recorridos inverosímiles en distintas ciudades que habita con su roja máquina de escribir y se baja de los taxis con el primer dictamen, terrenal e intemporal, que le confieren los choferes, muchos de ellos también viajeros del tiempo, muertos al volante que perecieron quizá en un asalto cuando su nave era diligencia y los caballos de fuerza, verdaderos caballos de crin cansada y grupa cagada por los siglos, los jamelgos y corceles que también viajan en el tiempo, según ha dicho Alicia, pues sobrevivieron a las cargas napoleónicas y brincaron por encima de las trincheras de la Gran Guerra y salieron destripados en antiguas corridas de toros en la vieja plaza de toros de la carretera de Aragón donde ahora canta de vez en cuando Joaquín Sabina, como la noche en que la parejita decidió regalarse un concierto para confirmar que los muertos también cantan y su público, entre vivos y resucitados, coreando canciones rancheras que se escuchaban en ese mismo instante en México, a la vuelta de lo que fue en un tiempo El Parnaso, café de la tertulia de escritores inéditos, donde se paraba un bardo indigente a declamar «Piedra de sol», de memoria y para espanto del propio Octavio Paz que volvía sobre sus pasos con prisa a las oficinas de su revista y de allí al jardín interior de un edificio que sobrevolaba el Paseo de la Reforma, donde aún aletea intacta la Ángela de la Independencia, según Adalberto Pérez que asegura haber conocido a Juan José Arreola en la esquina de ese mismo edificio, y jugar con él al ajedrez hasta que se oyó el balazo con el que un anónimo tirador mató a un comensal, a través del cristal, de un discreto restaurante japonés, según consta en una película de Alejandro González Iñárritu.

Dice Alicia que acostumbraba comer chuletón de Hendaya en una esquina que también fue filmada en esa misma película de Hollywood, un choque de automóviles, un cambio de luces, un perro moribundo, un muerto en medio de un mar de dinero, y le promete a Beto que lo ha de llevar al punto y tiempo exacto de esas mismas calles en la tarde inolvidable en la que unos amigos ganaron quién sabe cuántas carreras en un hipódromo ahora inexistente. Los senderos de un inmenso bosque inundados ahora por interminables cuadrículas de edificios endebles, la hipócrita conciencia de quienes se han enriquecido con la corrupción como forma de la construcción, la hiel de los políticos de siempre, el cinismo de los asesinos que se creen absueltos por ser impunes en la resurrección de sus carnes llagadas, y la cantidad de niños que hacen honores a la bandera sin saber que llevan ya tres vidas encima, muchos de ellos sin memoria, sin recuerdo alguno de las batallas perdidas o los himnos sin música.

Va de la mano del vacío una anciana sobre la calle de Tamaulipas que llegó de niña en un barco recibido con serpentinas en el puerto de Veracruz; guarda en el baúl los restos de su marido, muerto en Belchite. Al volante de un camión repartidor de refrescos va un moro andaluz que estuvo al timón de una nao en el siglo XVI, y dobla a la izquierda sobre la Avenida de los Insurgentes donde se para en la esquina un afamado carterista de Praga que sigue robando billeteras en el milésimo de segundo que transcurre al informarle a cualquier incauto que se le ha manchado el pantalón, ofrecerle un pañuelo como rúbrica para el elegante parpadeo en el que convierte sus dedos en pinzas, y extraer la cartera sin que se entere nadie en la Ciudad de México o en Praga a principios del siglo XX, cuando hace el mismo malabarismo a pocos metros de donde espera turno para pedir unos listones de colores el famélico empleado de una compañía de seguros donde trabaja para su padre, aunque malgaste su vista en las noches escribiendo en papeles arrugados las historias que le ayudan a evadirse del mundo... Tal como llevan ahora su acuerdo Alicia Covarrubias y Adalberto Pérez en su buhardilla de Madrid y en todas las habitaciones que ocupan en sus viajes, para demostrarse el abatimiento no solo de todas las mentiras que aquejaban el alma de Beto, sino la caída de los muros, el derrumbe de los tiempos y las distancias que parecían infranqueables. Ya todo se vuelve asequible o accesible en cuanto la pareja se besa al iniciar otro viaje que puede ser simple amanecer o el largo trayecto en un tren que busca llegar a Belgrado, sin saber si han de descender entre el vapor de una vieja locomotora o el murmullo electrificado de un moderno tren donde han viajado acompañados de un coreógrafo ya tres veces muerto del Teatro Bolshoi de Moscú y dos héroes recién llegados de San Petersburgo, que imprimen en hojas sueltas las consignas que sacan de quicio al zar en turno.

Ellos no están locos y ellos están totalmente locos en el mareo de una felicidad secreta con la que recorren todos los tiempos posibles entre las sábanas de su cama en una buhardilla o los asientos colindantes de un avión con destino al azar, entre tormentas de nieve que remiten a escenas cinematográficas y, de vez en cuando, Adalberto aprovecha el viaje para desmentir al farsante que asegura que el futuro de las finanzas se cifra en el misterio del Bitcoin, o al parroquiano enloquecido que les aseguró en un bar que la República de Irlanda estaba a punto de escindirse literalmente de todos los mapas conocidos, flotando libremente hacia el mar del norte.

Alicia se entretiene leyendo guiones, casi nunca libros, aunque Adalberto le haya regalado un lector electrónico que contiene tres mil volúmenes en todos los idiomas que ella domina desde siete vidas pasadas, y en cuanto se hunde su atención en párrafos, consta que Beto se dedica a engordar sus libretas con las anotaciones que ya no son neuróticas, aunque siguen siendo minuciosas, donde consta que desvela la mentira de otro plagiario célebre, la falsedad de los datos con los que se atreve a escribir con bilis un periodista encaprichado y adolorido por haber sido cesado precisamente por mentir, y en la página siguiente, Beto anota que las plantas que decoran el lobby de un lujoso hotel que visitaron en Frankfurt eran en realidad de plástico.

La realidad filtrada a diario entre ambos. Dos y uno convencidos día con día y conforme pasan las horas de cada tarde en su particular manera de mirar la realidad y entenderse entre ellos. Una pareja de tantas. Una pareja cualquiera, por ende: una pareja singular. Una pareja única que se mira a los ojos y sin palabras confirman la verdadera identidad de un interlocutor que viene de lejos. Beto y Alicia a solas en medio del mar de la humanidad, emprendiendo proyectos que los llenan de vida siendo no más que muertos en brazos del otro.

Ambos al timón de una tienda de antigüedades que abrió Alicia en la Plaza de las Descalzas, la librería de viejo que maneja Adalberto por internet (cuya bodega está en Vallecas), el hotel boutique que mantienen en Guanajuato, administrado por parientes responsables de la familia Pérez que en realidad no saben aún que fueron mártires de la Guerra de Independencia, la noche que entró Miguel Hidalgo a los callejones estrechos de Cuévano. Han invertido sus dineros en pueblos abandonados de Segovia, villorrios con siete habitantes y diez mil ovejas, donde reacondicionaron un granero como maravillosa estancia con biblioteca y chimenea (donde un fin de semana invitaron a Frank Sinatra y Ava Gardner) y compraron una propiedad cerca de Morelia, Michoacán, donde Serguéi Rachmáninov lleva ya dos años refugiado, visitado a veces por Stefan Zweig que dice estar dispuesto a venderles su inmensa colección de partituras musicales originales, y han pagado proyectos de publicaciones varias y no pocas puestas en escena de donde han surgido nuevos valores, dramaturgos y actores. Han redefinido las ganancias, entre ambos, de ese dinero que heredó Alicia y han donado miles de euros a las manos que más los necesitan.

En un hospicio de Valencia, ambos aseguran haber visto a Pablo Picasso de vuelta al mundo que pretende pintar y en la playa de Alicante vieron pasear a Joaquín Sorolla sin que nadie más lo reconociera. Mantienen un programa de veinte becas en una escuela del Toboso, en el corazón de la Mancha y visitan de vez en cuando los molinos del paisaje sabedores de que rondan por sus calores los personajes incidentales de la novela más grande jamás escrita. En un bar de carretera escucharon los versos rimados de un trotamundos delirante que en algún momento de la velada confesó haber sido «trovador de toda la vida» y en un viaje de cuatro días en que visitaron Austin, en Texas, con motivo del estreno de una película, tanto Alicia como Beto gozaron como manjar el haber descubierto entre los invitados la inmensa personalidad de Groucho Marx. Viven así y se hablan a diario. Se miran sin cansancio y se saben ya unidos para siempre. Superadas las dudas que alimentan las mentiras del mundo, Alicia ha sabido confiarle a Adalberto todos los mandamientos secretos de esta unión inquebrantable.

Ella le habla del íntimo secreto del manantial de sus orgasmos y le dijo que puede hablar todas las lenguas y escuchar el silencio. Le confiesa que ella también fue presa de una marcada obsesión contra la mentira y que padeció en alguna vida taquicardias inesperadas con tal solo oler la huella de algún demonio; le dijo que ella puede dormir con los ojos abiertos y mirar paisajes de todas sus memorias al cerrar los párpados; le confió haber sido gemela de una mujer que presenció el instante en que escribía un párrafo perfecto Alexandre Dumas y que había recorrido el Nilo en por lo menos cuatro viajes de distintas épocas en embarcaciones que podrían ilustrar el paso de lo que llaman progreso y hablaba de plantaciones de algodón en Georgia y de una huida repentina durante una nevada intensa en Moscú.

Le habló de ciervos que se le quedan mirando a uno como si quisieran confirmar un secreto y que hay conejos absolutamente extraterrestres que viajan entre planetas e incluso, Alicia dice que conoce a un cosmonauta que jura haber pasado por el umbral de una dimensión que en mucho se parece a lo que han logrado juntos. Ella le ha enseñado las recetas perfectas de platillos que ya no se consiguen en ningún restaurante y guarda en una hermosa caja de caoba los encajes y bordados que pertenecieron a la reina de Portugal, los sellos en cera con los que cerraron rollos de pergamino en unos estantes apolillados de Alejandría, y las flores secas que llevaba en el chaleco un obsesivo cronista parisino que escribía desde su cama y entre almohadones de pluma la bitácora completa del Absoluto, y le confió que tuvo en sus manos la infinita sábana geográfica que imaginó Borges, donde un amanuense anónimo empezó a trazar el mapa de China, escala uno a uno, que es como decir que empezó a trazar en papel de arroz nada menos y nada más que a China, y en una madrugada de amores intermitentes, Alicia le enseñó la concha de una tortuga que narra en preciosa caligrafía la historia del mundo hasta entonces conocido donde aparecen descritos ellos mismos, desnudos sobre la cama en su buhardilla de la calle Molinos de Viento en Madrid.

Alicia le habló entonces de los espejos que consiguió en México, condenados a reproducir por los siglos de los siglos todos los gritos que lanzaba la emperatriz Carlota encerrada en una habitación del Vaticano y la leontina de un general que no ha muerto nunca quién sabe por qué y parece encarnarse en sucesiones aleatorias de caudillos de pacotilla, todos alargando la nómina de desgracias y homicidios, robos a manos llenas y violaciones constantes a la condición humana que desprecian en cada sorbo de su saliva de azufre, «pero aquí no hay nada que hacer, Adalberto, escucha que te lo tengo dicho», dice Alicia cada vez que le confía un renglón adicional a la sapiencia que comparte, la iluminada planimetría de lo que ella llama Verdad Verdadera.

Camina sereno por la acera de todos los días. Ese hombre que se adelanta corriendo hacia la parada del autobús fue piloto de la Real Fuerza Aérea de Inglaterra. Murió al estrellar su avión Spitfire en los acantilados de Dover; ese boliviano que saluda al alzar la cortina de su expendio de pollos preparados fue un Inca grande, degollado por accidente en Cuzco. Las estudiantes alemanas que llegaron de intercambio con Erasmus son en realidad las ninfas que aparecen retratadas en una delicada pintura colgada en el Museo de Filadelfia.

Goza Madrid a cada paso, piedra y párrafo. Entra a la librería de siempre y confirma que ha llegado tu pedido. Habla un poco de los libros que tú mismo vendes por internet con la dueña que te adora y fíjate bien cómo habla; allí podrás detectar que fue amante de Jean Sibelius, compositor de la nieve y el hielo y al salir de la librería, en la puerta de la farmacia, verás al hombre que murió en el incendio con el que nacen los párrafos privilegiados de Elias Canetti.

Cruza la avenida de estos años pasados y desayuna donde quieras, que son siempre dos opciones: la cafetería tradicional donde atienden los jóvenes que fueron los últimos en salir de Filipinas hace más de un siglo o en la carpa del croata que habla como gallego. Pide lo de siempre y come con el tiempo justo, para ver una vez más cómo sale corriendo de la casa verde Federico García Lorca aterrado, que le grita a uno que lo mira desde la ventana, que se va a Granada y no puedes disuadirlo, ni hoy ni en todas las ocasiones en que te toque verlo correr directamente a la muerte y camina por la calle de Alcalá hasta el cruce con Príncipe de Vergara y verás que no son horas para que lleven en hombros, vestidos de luces, a los hermanos Bienvenida que sonríen como si nada en medio de un mar de gorras.

Llega a la Puerta de Alcalá y mantén respetuosa distancia del hombre que sigue siendo José Bergamín, aunque por hoy no lo sepa al subirse al autobús que lo ha de llevar a la Plaza del Callao. Busca el metro y recorre todas las líneas que quieras: en cada vagón encontrarás viajeros prójimos que saben o no que la vida da vueltas precisamente porque la muerte también las da. El que lleve un periódico abierto en medio de tantas pantallas de móvil, ese que viaja despeinado sin importarle llevar en la mirada perfecta la señal inequívoca de ser Manuel Chaves Nogales a la búsqueda de otra página con la que pueda demostrarle al mundo las verdades entre mentiras, como tú mismo. La chica que masca chicle es quizá Marilyn o Garbo, pero que nada te importe. Nada de eso, cariño.

Acércate entonces a la salida de la estación del metro que oficialmente han cerrado por abandono. Por allí solo pasan vagones del pasado y pasajeros del pretérito. Sal nuevamente a la calle y camina hasta encontrar el rumbo de la papelería Salazar, donde te llevé a comprar elegantes estilográficas. Pide el plano de Teixeira, el mapa del Madrid que hemos de descubrir poco a poco y juntos. Es una señal: verás que no te cobran un duro al entregártelo enrollado como diploma.

Camina entonces a la plaza de Trafalgar y mira a la niña que levanta la vista, perdida en las nubes. Tiene una voz queda y una sonrisa delicada: esa niña fue bombardeada con Napalm en la Guerra de Vietnam y si puedes, dale cariños de mi parte. Camina, tío, que esto no termina nunca: déjate llevar por la marea de los demás. Fija la vista en cualquiera de los habitantes que te rodean y síguelo: la vieja que baja en pantuflas a la Plaza del Dos de Mayo fue en su tiempo la mejor pianista de este lado del universo; si quieres, asómate al Café Comercial y míralo no como hoy. Deja que el cristal se empañe con un poco de vaho y mira la cara intacta del camarero que parece hacerle guardia al poeta Antonio Machado, al filo del espejo.

Cuando puedas, camina por Velázquez y vuelve tus pasos hacia la confluencia de Goya con Alcalá, verás apearse de un taxi en movimiento a la figura inconfundible de Marlene Dietrich y comentarás con Edward G. Robinson en el primer café que te quede a mano aquel guion que le dirigió Fritz Lang donde parece un Adalberto enredado en las pestañas de una trama *noir* que lleva a una Alicia bajo los párpados como para enfatizar el carmín encendido de sus labios en flor. Ese hombre que se acerca para pedirte fuego fue amigo cercano del ganadero Victorino Martín y conoce el refugio donde prepara sus nuevas historias un tal Felisberto Hernández que vive dando clases de piano a domicilio en el barrio de la Alegría.

Saca una bicicleta de las rejas. Para eso tramitamos el carné desde el segundo día que llegaste. Sigue al repartidor de pizzas por la calzada de Alberto Aguilera y baja con vuelo la cuesta que te lleva a Ferraz. Decide entonces si te vuelves andando, si dejas la bici en la reja que le corresponde o si tomas un taxi. Dale vueltas a Madrid y piérdete la tarde entera que nos veremos hasta la noche, que te tengo que contar un nuevo guion que me han regalado.

Lo importante es que vayas anotando todo lo que te llama la vista, dice Alicia, y se lo dice casi todos los días, casi todos los jueves una sorpresa a la hora de la cena y por lo menos una vez por semana le presenta un nuevo fantasma. Ha dicho Alicia desde el primer día de su vuelta en Barajas que la sincronía se vuelve sintonía cuando cada uno en cada cual se entrega totalmente a la navegación de sus respectivas biografías, a la redacción de sus vidas, cada cual en cada uno como quien anota detalladamente en su cabeza los pasos que anda, los personajes que descubre, las páginas que va leyendo en las calles de la ciudad y de los rostros reconocidos de desconocidos aparentes, ajenos en potencia de ser revelados como una película íntima que se proyecta en la memoria que cada quien va tejiendo en la pantalla compartida, la que se proyecta en la pared de la buhardilla en el momento de hacer el amor hasta el cansancio que nunca llega.

Dice Alicia que las ovejas eléctricas sí son el sueño de la película que vieron en el cine de versión original y que es la misma que vieron en otra vida, hace treinta años con el mismo actor que, para más señas, era el hombre que les pidió las entradas en la puerta del cine de barrio donde acostumbran asistir de vez en cuando por las palomitas de maíz y porque allí proyectan las producciones cuyos guiones edita Alicia, muchos de ellos escritos por ella misma en inglés o francés, de vez en cuando en español. Dice Alicia que la peli en blanco y negro que narra la visita de un soldado que viene del frente a la casa donde llevan el luto los padres de un soldado que él mismo asesinó en el frente es la misma peli que se filmó hace años con otros medios y menos importancia y menos belleza y menos colores y que es la misma historia que se había escrito en una novelita que se publicó en alemán y que pasó desapercibida hasta el hoy en que asistieron a la versión actual de la misma historia y dice Alicia que todo ello sirva de metáfora para las libretas que va llenando Adalberto con datos sueltos y párrafos al azar hasta que se anime de una puta vez a desenrollar todo lo que ya acumula en su cabeza para ponerse a escribir la historia o la novela y los cuentos o la crónica de esta bendita manera de habitar el mundo en sucesivas existencias que partieron del parteaguas de haber quedado entre los elegidos para detectar las mentiras del mundo y denunciarlas de manera íntima como una especie de redención o rendición ahora al servicio del amor que los une y de la vida misma en esta Verdad con mayúscula que —según Alicia— escriben ambos desde que se conocieron.

Dice Alicia que de ponerse a redactar en tinta, corregir con morado, sobre las hojas que luego entregan en cajas allí en la dirección esfumada en la calle de la Verdad, dice Alicia que Adalberto podría tomar ejemplo de la ronda de las versiones cinematográficas y de la interminable repetición de conversaciones y parlamentos, chismes o noticias fehacientes que él mismo lee en los diarios de todos los días, dice Alicia que entonces podría ponerse a escribir, como ella hace con sus guiones, la novela que podría empezar por desmentir la mala leche, las bromas, las mentiras que lo ahuyentaron de México por volvérsele un tumor invisible de su voluntad y entendimiento y que podría escribir la trama sin tener que revelar mayores secretos de la pareja que se perfecciona todas las noches en la cama, porque se hablan sin palabras, y se miran incluso cuando no se ven, y se escuchan cuando nadie más oye que cualquiera de los dos emita sonido, y se acompañan incluso cuando ella camina por las calles de sus viajes por los guiones y él se pierde por enésima vez en las calles del barrio de las Letras en pleno corazón de Madrid donde ya podría redactar en tinta la silueta inamovible de Francisco de Quevedo riéndose a carcajadas con unas putas que le quieren engañar a unos pasos de la puerta por donde pasa Lope de Vega, ufano con las letrillas con las que acaba de insultar a un dramaturgo novohispano que ha venido a la corrala del Príncipe para ver si alguien quiere poner en escena la sospechosa verdad que ha representado en verso libre, en tres actos, únicamente celebrada por Cervantes, el olvidado a punto de salir de un olvido que recibe de manos de un mozo la caja de páginas blancas que ha venido corriendo desde la imprenta en la calle de Atocha para entregarle las pruebas de la segunda parte que en ese mismo día escribe Cervantes para responderle de frente, lapidario, al descarado mentiroso que tuvo a bien plagiarle su Quijote para firmarlo apócrifo, y además con la cobarde artimaña de una impostura, y dice Alicia que si Adalberto se pusiera en alma, corazón y empeño a redactar todo lo que ya lleva oído y visto de entre tantos muertos y páginas muertas, libros olvidados y memoria ya salpicada de amnesias ya de siglos o pocos años podría coronar como es debido el tránsito por el que ha pasado desde que fue tinterillo de burocracia, plumilla al vuelo en publicaciones efímeras, redactor de vacíos en papel tras papel de inútiles burocracias.

Dice Alicia que Adalberto ha de entender finalmente, como guinda al enrevesado apostolado con el que llena sus libretas y como joya de la conversación que han establecido entre ellos, con todos sus secretos y revelaciones absolutamente irracionales para el común de los mortales... dice Alicia que de ponerse Adalberto a escribir lo que ha abrevado y aprendido, todo de lo que ha sido testigo quizá dolorosamente... dice Alicia que si Adalberto se pone a poner en tinta en las hojas blancas que vienen en cajas como la que le mostraron a Mastorna... dice Alicia que Adalberto puede trascender, quedar para siglos, permear o permanecer como ella con sus guiones y con otras cosas que ha logrado, con muchas cosas que ha pensado y hecho, trascender sobre el tiempo y todas las vidas que se han hilado y se irán hilando con cada muerte que les toque vivir.

Eso dice Alicia y lo dice ya cada madrugada como descanso a los sudores compartidos y en los viajes que ahora realizan cada vez más seguido y en los vagones de los trenes que según ella conocen desde hace por lo menos siglo y medio y en los aviones en medio de tormentas de nieve o de lluvia que a ninguno de los dos espanta o en el carruaje que los llevó por una selva que luego resultó ser no más que inmenso jardín donde los esperaba Álvaro Mutis intemporal y dice Alicia que era el poeta y el novelista de los nombres en la lluvia, el cronista de los barcos viejos que dijo que las páginas que podría escribir Adalberto serían salvoconducto y salvavidas, salvavidas para un náufrago de muchas muertes, y dice Alicia que Adalberto debe atesorar la charla sin tiempo que le regaló un grafógrafo sentado en un equipal, revelándole en medio de un discreto jardín la memoria entera de Coyoacán y las vidas de todos los muertos que allí viven y han vivido y que de hacerlo, Adalberto trascendería como quien se eleva en medio de la iluminación como derviche que no termina nunca de girar y girar y girar en párrafos escritos por la mano invisible de un manco milagroso que lee lo que escriba Adalberto como lo leerán todos los escritores que han elegido superar la realidad que nos rodea traspasando el vado del umbral invisible que los lleva a cualquier otra dimensión.

Lo sabe el cosmonauta y el inventor de la imprenta y el cibernético artesano de las pantallas modernas: escribe el que escribe para evadir las mentiras e incluso volverlas verdades inapelables por el solo hecho de quedar escritas para que todo personaje exista por quedar escrito en tinta, corregido quizá en morado, al paso de las vidas que se irán multiplicando cada vez que sean leídas, cada vez que se sepan impresos en un taller de Zaragoza y así se enfrentan en carne y hueso a sus propios autores y a los lectores que se rían al principio.

Dice Alicia que se ponga a escribir Adalberto la novela verídica de todas las mentiras, la *Historia Verdadera de la Conquista de la Nueva España* de Bernal Díaz del Castillo ahora Vera Historia de la muerte de la nueva vida firmada por Adalberto Pérez, el de las libretas interminables, transcritas en la máquina de escribir que le regaló en persona Ernest Hemingway durante una cena donde se reconcilió con John Dos Passos con motivo de un guion que le fue premiado a Alicia y que celebró con Adalberto en casa de un cineasta de nueve vidas que acostumbra pasear en la playa de Santa Mónica con sus hijas. Dice Alicia que jamás han de olvidar el banquete en París, en la Closerie des Lilas con la hermosa familia que forman la fotógrafa de sombras y el tipógrafo alquimista, pareja que sintoniza en comunión.

Lo dicta Alicia: hay que ponerse a escribir y que había que ponerse a escribir, pero escribir en serio sobre las hojas blancas que nunca dejarán de entregarse en cajas en la calle de la Verdad, en pleno centro de Madrid para que Adalberto ponga en tinta morada en esta vida y las demás la bitácora sin tener que publicar revelaciones a todo el mundo para que solo algunos se reconozcan plenamente resarcidos o por lo menos comprendidos entre los párrafos donde Adalberto deje constancia de este maravilloso secreto que los une, porque dice Alicia que para algunos elegidos, la única Verdad inapelable es la muerte... y Alicia nunca miente.

FIN

Esta obra se terminó de imprimir
en el mes de marzo de 2025,
en los talleres de Diversidad Gráfica S.A. de C.V.
Ciudad de México